中国最美古典诗词

现实卷

陈昌恭 著

中国华侨出版社

图书在版编目(CIP)数据

中国最美古典诗词.现实卷 / 陈昌恭著.—北京：
中国华侨出版社,2013.10 （2021.2重印）

ISBN 978-7-5113-4152-5

Ⅰ.①中… Ⅱ.①陈… Ⅲ.①古典诗歌-诗歌欣赏-中国
Ⅳ.①I207.2

中国版本图书馆 CIP 数据核字(2013)第244214号

中国最美古典诗词·现实卷

著　　者 / 陈昌恭
责任编辑 / 宋　玉
责任校对 / 孙　丽
经　　销 / 新华书店
开　　本 / 870 毫米×1280 毫米　1/32　印张/8　字数/230 千字
印　　刷 / 三河市嵩川印刷有限公司
版　　次 / 2013年10月第1版　2021年2月第2次印刷
书　　号 / ISBN 978-7-5113-4152-5
定　　价 / 38.00 元

中国华侨出版社　北京市朝阳区静安里 26 号通成达大厦 3 层　邮编：100028
法律顾问：陈鹰律师事务所
编辑部：(010)64443056　64443979
发行部：(010)64443051　传真：(010)64439708
网址：www.oveaschin.com
E-mail：oveaschin@sina.com

前 PREFACE 言

现实卷从先秦两汉，以《诗经》起篇，在事事关情中，以民者所述为鉴，展现当下生活。其间精选乐府民歌、唐诗歌赋，至宋元明清，所选《宋词》为终，从历史讲述现实，以抒忧民忧怀忧社稷情怀而止。

此卷分四辑，依诗词发展史，分先秦两汉、魏晋南北朝、隋唐五代、宋元明清。其间由许多具有代表性诗歌组成一幅幅画面，以“现实”贯穿全卷，带领我们了解一个个不同朝代百姓生活的状况，政治经济的面貌。将一位位爱国忧国志士的历史故事呈现，将一段段纷呈异彩的史实娓娓道来。

此四辑分别见证了：一个乡关边关，事事关情的先秦两汉时期，以述百姓劳动、爱情、徭役等多方面，展现一幅剥削制度下，处处受苦的百姓、社会之状。有《伐檀》（君子之不素餐）、《击鼓》（征人思归，与子偕老）、《十五从军征》（八十归家，泪落沾衣）等极具代表的诗词；一个烽火连天，硝烟弥漫的魏晋南北朝时期，多有描写诸如战争、行役、尚武、羁旅、人民的贫寒等社会动乱如《蒿里行》（军阀争权夺利，酿战丧乱百姓生活）、《饮马长城窟》（筑城无归期，嘱愿妻莫留住）等现实祈盼战乱休止的诗歌佳作；一个充满人文情怀，诗歌空前繁盛的隋唐五代时期，诗所绘多为慷慨报国的英雄气概、不畏艰苦的乐观精神，念国伤感的爱国情怀，如《观刈麦》（唯歌生民病，愿得天子知）、《茅屋为秋风所破歌》（大庇天下寒士俱欢颜）等诗歌；一个风雨飘摇，社稷堪忧的宋元明清时期，写古今史，述将士功，写眼前春色春景，句句忧国忧民忧社稷。如《关山月》（和戎诏，垂泪痕）、《渔家傲·秋思》（守边赤子心）、《摸鱼儿·更能消几番风雨》（夕阳断肠处）等。

在诗篇中，我们见到了孟德的豪情雄心，用统一来结束百姓之苦；心怀国家、百姓疾苦的少陵野老；宛陵先生诉百姓所述，体恤百姓贤臣；有抗金之力，有识危难之能，却壮志难酬的幼安；被金人誉为“腹有千万兵”而忌惮的驻边大将军希文。通过诗歌，描绘他们的生活、处境，了解他们，于是更好地了解诗歌。

随着一首首诗篇的翻阅，读一段段历史，终将见到那阔别千年生活的历史，诗人词人，用那些年代特有的字词，将生活记录，将思想抒发，封存，直到那天你遇见那些最美的文字，最美的诗歌，在诗词赋予的节奏中，解开并经历，懂得并且铭记、传承。

目录 CONTENTS

辑一

乡关边关总关情——先秦两汉

辑二

征战岁月何时休——魏晋南北朝

辑三

人文关怀在人间——隋唐五代

辑四

忧国忧民忧社稷——宋元明清

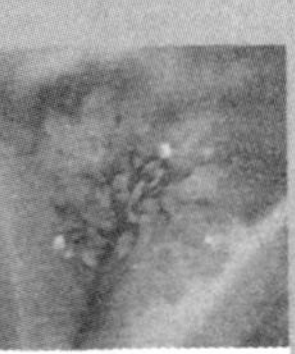

辑一

乡关边关总关情——先秦两汉

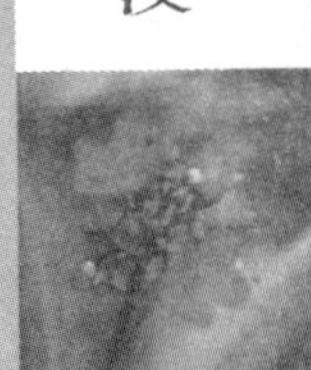

先秦两汉，事事关情。诗从口头到书面，从民间到宫廷，取自生活，传唱抒情。诗辞以描画人民的劳动、爱情、战争、徭役等多方面的生活为主，反映了惨重的阶级压迫与剥削，揭露了统治阶级的残暴与丑陋，反映了长期的战争带来的苦难，语言直白，情节丰富，刻画生动。

弃妇行野，去而不复

——《诗经·我行其野》

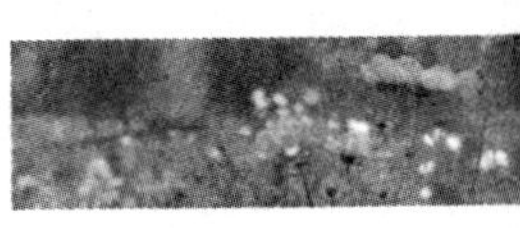

我行其野，蔽芾其樗。婚姻之故，言就尔居。尔不我畜，复我邦家。

我行其野，言采其蓫。婚姻之故，言就尔宿。尔不我畜，言归斯复。

我行其野，言采其葍。不思旧姻，求尔新特。成不以富，亦祇以异。

也许本就没有所谓的爱情，在这样的年代。依父母之命，我便入你家门，因为婚姻的关系，我与你生活在了一起，同一屋檐之下，同床共枕着。婚后，开始相夫教子，操持家务，这些本无可厚非。但显然，我并不了解你，你不知我的悲喜，不知我辛劳，不懂珍惜我，不好好待我。“人不共潮来，香亦临风散。”（出自《生查子》毛滂）我从不曾感受过这样的夫妻情。你不念结发之意，不念夫妻之情，去寻找新欢，既然你已变心，我又何须再如牛马般侍候你，我只好回到自己的家乡，离开你，不再回来。

独自行走在郊野之上，看着樗树的枝叶在风中盘旋舞动。往事尽浮现在眼前，你曾上门提亲，争得父母认同，喇叭唢呐齐鸣，炮竹礼花齐放，迎娶我入你家门。初为新娘，着饰圣洁的嫁衣，以为那是如童话般美满幸福的开端，有个美满幸福的婚姻，有份相濡以沫的爱情，家人为我祝福，邻里以我为亲。但是，现在已经没有选择了，我决定离开，离开那终日待我如牛马，喜新厌旧，另寻新欢的你。

独自行走在茫茫郊野，看不见人，望不见乡，唯有几棵樗树。其实心里或多或少还是希望你能出现，挽留我的离去。此时你已拥新人在怀，想必早已忘记我，如果你珍惜我，我现在也不会离开，故何必还要生此幻想，道路两旁的羊蹄野菜和葍草细茎，此刻越发令人憎恶。“行遇恶木，言已适人遇恶人也。”你为何如此可恶。

是否可以想见，一个妇人，独自行走生长着“樗”、“蓫”、“葍”的郊野，是如何孤寂的画面：郊野的广阔，丛生的恶木，孤寂的妇人。如此广阔的原野，而妇人独行其上，原野在人的对比下显得更加广阔，而人在这样广阔的原野上显得更加的渺小，广阔原野无声，四野太过安静以致产生一种死寂般的错觉，行走在这样原野里的妇人此刻心底一定焦躁不安，而且深感孤独。

行走在原野的妇人，背后一定有段深刻故事，那到底隐藏着怎样的一个故事，不由让人心生好奇。妇人究竟遇到了怎样的不顺呢？“尔不我畜，复我邦家”是因为丈夫没有好好对待妇人，所以妇人此时正在回娘家的路上，是如同现在小夫妻闹别扭，女子跑回娘家，互相冷静？“不思旧姻，求尔新特”这才是其真正离开的原因，丈夫有了新欢，由此可知，画面中的妇人，实乃弃妇，瞬间悲楚寂寥之意更甚。

在那样的年代，男子三妻四妾本属正常，妇人似乎曾试图这样安慰过自己，或许她比我富有，更加配得上你，所以你娶了她。实非所想“成不以富，亦衹以异”。原来喜新厌旧本就没有任何理由，妇人无法接受，所以选择离开这样的恶人，回自己的家乡不再回来。

在保守、男尊女卑的年代，离家是一种很不能让人理解和需要巨大勇气的举动，回乡面对父母、乡亲，又该如何解释，往后的日子该如何艰辛，独自行走在郊野的女子岂能不焦虑？她企图安慰自己，企图平复那心中的众多不满，强自宽解。但最后情感的喷发、难以平复的伤痛和无人可诉的委屈，和着苦涩的泪水，在这样一个爱恨交织的时刻，以这样一种爱恨难分的心理，流淌着怨恨：“不思旧姻，求尔新特。成不以富，亦祇以异。”留给我们更多的是无限的同情、惆怅和遗憾。

女子敢于对这样的社会、这样的不公，用自己的实际行动做出抗诉，值得后世学习。

征战岁月，征夫哀

——《诗经·何草不黄》

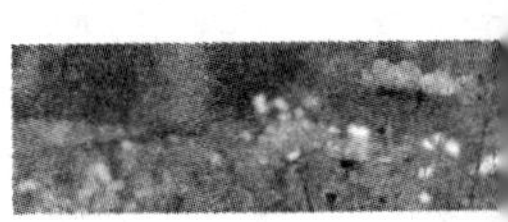

何草不黄，何日不行，何人不将，经营四方。

何草不玄，何人不矜，哀我征夫，独为匪民。

匪兕匪虎，率彼旷野，哀我征夫，朝夕不暇。

有芃者狐，率彼幽草，有栈之车，行彼周道。

连年征战岁月何时休，哀我征夫，不得休。长年奔劳走四方，草有枯黄，人无休。“下国刺幽王也。四夷交侵，中国皆叛，用兵不息，视民如禽兽。君子忧之，故作是诗也。”（《毛诗序》）

开篇便是连续的追问，有什么草是永远不会枯黄的？征人的日子有哪一天不是到处奔波忙碌的？有什么人是可以永远不用从征，可以逃过征役的生活？不用到处奔波，往来征伐，行走四方？用“何”来追问，更是用来讲述，讲述一种无法改变的事实。

是的，那些看似反问的句子，却都有无奈的答案，世上没有永远不黄不枯的草儿，也不会有不凋不谢的花朵，也就没有不用四处行役奔波的征人，也没有在这种征役面前能够逃脱不用征役的征人存在，“经营四方”就是征夫的宿定命运，不停地奔走，不停地征伐，即便草木最终会枯黄，会凋零，征人也还是要四处征伐，没有休止。

在统治者看来，征人就是要四处征伐，四处奔波，他们丝毫没有想到，草木会枯黄，花儿会凋谢，这些都是物之必然本性，那征人也会有累的一天，疲于奔波，需要休息，停止征役的时候，他们忘记人并不是为行役而生于世，人非草木，缘何以草木视之？而一句“何人不将”，哪个人在征役中能够幸免，意思也就是在这样的社会里面，所有的人都会受到征役而感到痛苦，但这已然是整个社会的现状，常年征战，征役自然就没有休止难以避免。

从军，本是为报效祖国，守护家乡的爱国之举，但征役过重，适得其反，就慢慢地演变成了持久而又殃及全民的大兵役，就如同一轮旷日，不停地焦烤着干裂的土地，这种兵役在征人眼里只不过是，连天的衰草毫无生机，永无止息的奔波没有尽头。

“哀我征夫，独为匪民。”“哀”，身为征夫而哀，全民兵役而哀，心中充满不满与愤闷，对身为可怜小兵，就不被当人看待的不满，征夫难道说就是“匪民”而不被当成“子民”看待，就偏不是人！征夫心中有怨，统治者却从不听闻。

社会是否太过不公，征夫就要奔走在虎牛等野兽出没的旷野？没日没夜地奔波！为何要在这野兽长年出没的旷野、布满幽草的旷野中度日？难道在统治者的眼中，征夫根本就不是人，生来就与野兽同命？但即使是生活在旷野之地的野兽，也会有悠闲自在的时候，有冬眠的时候，有四处奔跑的自由权利。征人征役之时，不如野兽，连喘息之机都没有，“朝夕不暇”早晚都没有停止，没有休息，便是征夫，可怜的征夫。在这样全民大征役的年代，全民皆服兵役，从征的生活，是非人的生活，征夫本身就不被当人看待，在这样的年代，征夫付出的是宝贵的年华青春，饱受着离乡背井的伤痛，以及随时都可能牺牲的宝贵生命，得到的只有一肚子辛酸和泪水，心中对这种兵役行为早已怨恨颇深，对统治者更加愤恨不满。

行役在外的征夫过着艰险辛劳的生活，忍饥挨饿，行于凶兽出没的孤野之上，却享受着不如野兽般的待遇。“哀我征夫”看似自怨自艾，实则无能为力，如野似兽，谁又愿意？朝不保夕，谁又愿意？埋骨他乡无人知，谁又愿意？但是他们无法抵抗，在这样全民大兵役的时代，谁都无法逃过征役，谁都会遭受行走荒野，日夜不休，长年征伐，这样的非人待遇。征人有不满，征人要抗议。所以诗中接连五个“何”字，句句责问，内心的不满随之喷发而出，一种强烈的抗议与不满，更是通过这一连串的责问，将如今当下征役的情况清楚地展示出来，自然而然地形成了一种愤怒的揭露，特别是“哀我征夫，独为匪民”。揭露当时的社会里，统治者征役不息，人民受难，不如野兽，人命如草芥，征夫们并没有改变自己命运的能力，只是统治者的战争兵器，战争不止，征役不息，受苦受难的还是人民，他们注定要在征途中结束自己的一生，无处躲避，也无法躲避，赤裸裸地揭露，怨深深地怒斥。

本来饱受艰苦，心中怨恨堆积，出没在旷野之地，时刻担心老虎和野牛袭击的征夫，在看到“行彼周道”的官员们却能坐着高车，不施劳役，便能不劳而获，不知疾苦，却能享受荣华，不禁想到征人自己终年劳累奔波，当牛做马，提心吊胆，不得歇息，官员却锦衣玉食，灯红酒绿，整日游手好闲，却能作威作福；征人衣不蔽体，食不果腹，忍饥挨饿，常年在外生死征伐，提心吊胆，官员们却高枕无忧，饱食终日，无所用心，蹬车出游。这些对比将给他们的心理造成多大的反差，怎么不怨恨，这是多么不公平的世道。

征夫也是人，同样是人，为什么就会受到这样不公平的待遇，有人命贱如草，不被当人，有人却身娇肉贵，驱使别人，望权者同等待人，望皇者爱民如子，愿战争早日结束，愿兵役就此停息，征人能得以休息，回到故土看看故人听听故事，安然自在。草儿可黄，花朵可凋，人命不可轻。

哀我征夫，独为匪民，朝夕不暇。

君子之不素餐

——《诗经·伐檀》

坎坎伐檀兮，置之河之干兮，河水清且涟猗。不稼不穑，胡取禾三百廛兮？不狩不猎，胡瞻尔庭有县貆兮？彼君子兮，不素餐兮！

坎坎伐辐兮，置之河之侧兮，河水清且直猗。不稼不穑，胡取禾三百亿兮？不狩不猎，胡瞻尔庭有县特兮？彼君子兮，不素食兮！

坎坎伐轮兮，置之河之漘兮，河水清且沦猗。不稼不穑，胡取禾三百囷兮？不狩不猎，胡瞻尔庭有县鹑兮？彼君子兮，不素飧兮！

日出而作，日落方息，一年四季，始终如常。为了养家糊口，劳动人民用辛勤劳动来换取食物，本是多么的正常呀，岂知“彼君子兮，不素餐兮！”自然心中不平。一群伐木者从山上砍伐檀树，到山下给地主造车使用，在休息的间隙，看着流水，想到剥削者们不种庄稼、不打猎、不用伐檀，却能从劳动者手里，获得大部分的粮食、猎物这些劳动果实，对于这样的现象，表示无法理解，以致产生了愤怒，于是你一言我一语发出了责问的呼声。

“坎坎”是伐木声，檀树的木质很坚硬，这样的一个交代，就把我们带到了伐木者正在吃力地砍伐着坚硬的檀树，发出“坎坎”之声的画面里。“伐辐”、“伐轮”，便点明了伐檀是为造车用，这群伐木者是为了造车而伐檀树，那车为谁而造，自然就是后面所说的“不素餐兮”的君子。伐木者上山伐檀树，把亲手砍下的檀树“置”之于河边的时候，想必应该是要借助这些河流之力，将沉重檀树，运下山吧。这体现了古代劳动人民的智慧。这群伐檀者汗如雨下，辛苦百般，在此暂作休息，享受山风吹拂，面对微波荡漾的清澈水流，“清”和“涟”都是形容河水，不由得赞叹不已，大自然的美令人赏心悦目，也给这些伐木者带来了暂时的轻松与欢愉，看着眼前河水自由自在地流动，多想就此停留，亲近自然，不再成天从事繁重的劳动，换取微薄的收入，不再担忧糊口养家，这样的生活显得毫无自由。为什么我们就不能像“君子”般，在农耕时，无须下田耕种，收成时就能获得大部分的粮食；为什么我们就不能像“君子”般，天寒地冻进行狩猎时，狐裘加身，居于暖榻之上，就可以获得食物，挂满院子，不愁吃穿？这样就有很多的时间，能够欣赏自然，能够享受生活。他们能够过着这样衣食无忧的生活，是因为他们从我们身上剥夺了许多属于我们的劳动成果，想到这些，愤恨难平。

伐木者由眼下伐木造车想到还要替剥削者种庄稼和打猎，而这些收获物却全被占去，自己一无所有，愈想愤怒愈无法压抑，忍不住提出了严厉责问：“不稼不穑，胡取禾三百廛兮？不狩不猎，胡瞻尔庭有县貆兮？”奴隶主们不知稼穑之艰，不知狩猎之苦，在家吃酒享乐，就能占有大部分的粮食，吃不完野味，就有人为他们造车，这些责问中，揭露剥削者不劳而获的寄生本质。“彼君子兮，不素餐兮”，“君子”一词更是对剥削者冷嘲热讽，抒发了蕴藏在胸中的反抗怒火！“君子”之不耕而食，何也？“君子”岂能不知我们这些身负沉重压迫与剥削枷锁劳动者的艰辛，视而不见？“君子”何能见此而取之坦荡荡？“君子”岂能吃白食？又岂会吃别人辛苦劳作而得的成果？“君子”岂会四体不勤、游手好闲却享尽粮食堆山，美味吃不尽，这等荣华富贵？

“君子”后面那张剥削者的丑恶面孔，反映当时社会的一个缩影。在伐木声中，奴隶们觉醒了，他们开始呐喊，开始歌唱，对一系列不公平的现象发出了质问和斥责。

彼君子兮，不素飧兮！不劳而获，何异于剥削者。剥削与压榨广大的穷苦百姓的社会现状，溢于言表。

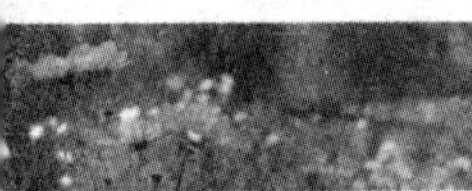

征战止，征人归

——《诗经·东山》

我徂东山，慆慆不归；我来自东，零雨其蒙。我东曰归，我心西悲。制彼裳衣，勿士行枚。蜎蜎者蠋，烝在桑野；敦彼独宿，亦在车下。

我徂东山，慆慆不归；我来自东，零雨其蒙。果臝之实，亦施于宇；伊威在室，蠨蛸在户；町畽鹿场，熠燿宵行。不可畏也，伊可怀也。

我徂东山，慆慆不归；我来自东，零雨其蒙。鹳鸣于垤，妇叹于室。洒扫穹窒，我征聿至。有敦瓜苦，烝在栗薪。自我不见，于今三年！

我徂东山，慆慆不归；我来自东，零雨其蒙。仓庚于飞，熠燿其羽；之子于归，皇驳其马。亲结其缡，九十其仪。其新孔嘉，其旧如之何？

我从征去东山，离家很久，未归家。

我在东方的时候，就说要回归故乡，虽然人还在东方，但我的心早就向着西方，归乡情切，想到往日军旅生活种种，悲从中来。“我心西悲”，长年征战沙场，紧绷的神经，在这一刻得知归家指日可待，不再那么遥不可及，想到自己为这一天在沙场之上是受了多少的苦，这些年又是怎样一个人忍受着思乡之情的折磨，现在战争结束了，归乡之时，指日可待，思乡之情就一拥而起，萦绕心头，挥之不去，有种喜极而泣的感觉。

决定要回去了，却面向着西方伤感。没有亲身的感受，是不会体味到这一点的。因为人们对没有希望的事，可以不去想，在从征期间，“君问归期未有期”般的时候，归家是多么遥不可及，不敢想象的事情；而希望到眼前，情绪却会立刻波动起来，因为战争结束了，我们就要归来了。我语言归，终得归。心中欢喜自难言。现今我将从东方归，细雨弥漫的时节“细雨衣归人”。从“徂东山”到“来自东”，是从“不归”到归“来”，也是从过去到现在。“慆慆不归”，既是对离家征役久战未归的直接表述，也是离人思乡的间接流露。“悄悄”，极言“不归”的时间之久，“零雨其蒙”，出了当时的天气，细“雨”迷“蒙”，却是到家时的气候特征，这是印象很深，难于忘掉的时刻。

我愿从今以后再不要穿军装了！“制彼裳衣，勿士行枚”，“行枚”是军旅生活的典型表现，战争结束后，我们会将准备好的平时穿的衣服穿上，解开军装，做个平常的百姓，过上平民安逸的生活。可以想见征人听到将归时是多么的喜悦，也可以通过这个细节的描写，再次看出征人盼望归家，结束战争，与亲人团聚的强烈情绪。望着星空，归期越来越近，即使现在大家还像聚集在桑叶下的野蚕那样，仍蜷缩在兵车下露宿着啊！但心思早已飞回到星空另一边的故乡去了。非常形象地展示了征人的军旅生活。他们平日并没有固定的栖息之所，长露宿郊野。

归路漫漫，思归切，沿路所见皆思之。“果赢的果实”，孤单地挂在房檐之上；“伊威在室”（伊威：一种小虫，俗称土虱，室内好久没人清理，以致土虱在室内爬行），“蟏蛸在户”（蟏蛸：一种蜘蛛），门窗上面有蜘蛛爬行，它们在上面结网，“町疃鹿场”（町疃：兽迹），院子的篱笆早已毁坏，无人修理，院子周围都有野兽出没留下的蹄印，“熠燿宵行”（熠耀：光明的样子。宵行：磷火）。古代之人多把磷火当作鬼火来解释，闪烁泛着冷光的鬼火，夜晚会出现在这里。一幅幅画面，组织成一片凄凉，无人居住，荒无人烟，夜晚还能见到磷火，可见这边也有累累白骨！想必战火也延伸到这里，这里也曾弥漫硝烟，那这股凄凉之意，就更能体会了。“不可畏也，伊可怀也”，征人认为这样凄凉的画面没有什么可怕，因为征人是经过战场之上硝烟的洗礼，血腥味灌溉而归的人，如果“不可”作为不能来理解，是否军人其实畏惧，强迫在心里暗示自己，不要害怕，家里的情形不会是这样的。看着这样的画面，自然能轻易地勾起归途征人对过往生活的怀念。想想我们离开之后，家中是否也已如此凄凉。想想我们怀念曾经拥有的幸福生活。眼前的荒凉残破景象，“孰实为之，孰令致之?”是什么造成这样的凄凉，是什么让这些屋室无人居住？是否这些家中的人也和我们一样，服役出征？归途所见之景使我更加思念呀！我正行在归路上，愿远方一切安好。通过归人所见，百姓流离失所，家园荒废的真实画面，让人从中感受到征人看到这样的画面时更加怀念故乡，早日归去的急切心情，也很巧妙地反映出战争给人民带来的痛苦。

征人归来时，天空正下着迷蒙的细雨。好像苍天见征人归来，也高兴地落泪了，迷蒙细雨中的归人，心中自有惆怅，“近乡情更怯”人心常态。小土堆上鹳鸟，在上面鸣叫着，就如往日农耕归来时一样，可惜这征役，一去就是好几年，鹳鸟还在，可是未必还记得我，此景熟悉，可此时已非当时，归来的征人此刻心中多少有些许寥落，再也回不到那些失去的岁月里。依着记忆，寻至家门，未到屋里，便听见“妇叹”，那是妻子的哀叹声，从她的叹息声中归家的征人不难听出，在其征旅期间，妇人独自一人饱受了多少的思念之苦，独自操持家室的操劳之苦，可以想见夫君从征，对一个家庭带来怎样的影响，想到此征人心中酸楚至极。妻子自知从征苦，不忍归人知家贫，听到征人要归来了，妻子止住叹息，行动起来，赶忙将房屋打扫修补好，做好迎接的等待。但征人归来见到妻子，看着妻子消瘦的身影，正不断地忙活着，便知妻子如若柴堆上垂下的一个个苦瓜，一个人受尽了百般之苦！在悲喜交集的情况下，千言万语，无从说起，唯一的寒暄，只是一句：“自我不见，于今三年！”语是那么淡，情却是无限的深。让人不禁想到，“相见不语，惟有泪千行。”

战争暂时地结束了，我已归家，日子恢复了往昔的平静。望着身边的妻子，想起三年前举行婚礼的情景，那时莺歌燕舞，炮竹连天，迎亲的车马喜气洋洋，喇叭唢呐响堂堂，丈母娘为妻子结上佩巾，这是妻子今生第一次穿上圣洁的衣裳，你是多么的美丽动人，丈母娘把做媳妇的规矩叮咛又叮咛，“亲结其缡，九十其仪”，然后让我们喜结连理，当时是多么的幸福、美好。国有战事，宣召征兵，家中男丁多被服征役，我也难以躲过这场征役，征夫从征之时，才刚刚新婚，便要与好不容易才在一起的妻子分别，“新婚别”时心悲痛，可想苦之深也。现在看着身边的妻子，苦了这些年“妇叹于室”。通过回忆喜结连理的美好，又一次揭露了战争使百姓分离，让百姓受苦的本质。

“其新孔嘉，其旧如之何?”新婚诚然是美好的，但那久离重聚的旧夫妻，不是更该感到欣慰吗？小别胜新婚，征旅有时就意味着不归，这种相见不亚于生离死别后的再见面。没有特地的歌颂和平，没有描述征旅中血淋淋的画面，没有颂扬为取得和平而付出生命的人，但却是最切实、最真挚地歌颂战争结束所带来的和平生活。仿佛从征的生活，流血的牺牲，看着眼前的生活，似乎都值了。

战争不止，征役不休，征人或留守异地，或埋骨他乡，实难归来，实难再与亲人团圆，东征后有幸归来前，心中复杂之情不言而喻，沿路所见，归家所见，以及之后所思，不难看出战争对家乡，对一个家庭，对一个国家造成的苦难，不愿战争，渴望和平，我想这便是归来征人所要对我们说的最真心的话。

刺仕不得志

——《诗经·北门》

出自北门，忧心殷殷。终窭且贫，莫知我艰。已焉哉！天实为之，谓之何哉！

王事适我，政事一埤益我。我入自外，室人交遍讁我。已焉哉！天实为之，谓之何哉！

王事敦我，政事一埤遗我。我入自外，室人交遍摧我。已焉哉！天实为之，谓之何哉！

刺仕不得志也，“终窭且贫”，于是归于“天实为之，谓之何哉”，人若在世不顺，诸事不顺心，强者自强，勉励上进，弱者归结天命，怨天尤人，消极对待。

出现在画面中的是一个面容憔悴，眉头紧锁，一看便知心中有事，一副忧心忡忡之样。“忧心殷殷”，“殷殷”，很忧伤的样子。这是一个有故事的人，而且他希望有人能够去读懂他。“终窭且贫，莫知我艰。”“窭”贫寒艰窘，此人生活既困窘又贫寒，但是却没有人知道他的艰辛，其为何艰险？王家差事“适我”、衙门公务“益我”，从这里我们就知道了主人公的身份，原来他是一名公事繁重苛细的小官吏，官吏在普通百姓的眼里，是有权者，是一个当官的，应该是风光无限，不愁吃穿。怪不得无人知道小官吏的生活的艰辛。

小官吏每天都有忙不完的王事和政事，辛勤应付，希望能通过自己辛勤地努力，得到上级的认可，升官改善现在清贫的生活，但小官吏即便四处奔劳，辛勤应付，生活却依然清贫，受困窘又贫寒“终窭且贫”，自然心有忧苦。上司非但不懂体谅差事的艰辛，公务的繁重，“一埤”将任务“益”、“遗”于我，人非牛马，实不堪这般重负，想要放弃这份差事，但奈何有家人之累，需凭微薄俸禄，糊口养家。仕途不得志，却无人可知，无人可诉。

大小差事，小官吏默默忍受着，辛辛苦苦忙碌着，位却卑，禄依薄，心中自有牢骚满腹，在这种情况之下，是多么希望家人能够了解，能够给予安慰与鼓励，可是一切并不像官吏所想的那般美好，家人不知他差役的辛苦，以及仕途官场的黑暗，“交遍”亲朋纷纷讥笑于他，家人纷纷骂他无能。“讁”、“摧”他，不懂迎合之道，久居卑位，无所作为，使他备感难堪。这样的处境使小官吏深感仕路崎岖的同时，更感叹人情的淡薄，与对不公命运的不满。

“已焉哉！”算了吧，也许世事早有安排，天命安排，反抗、不满显得如此无力，只能在心底呻吟，命运的安排，非他能抗也，一切皆是命也。长吁短叹，痛苦难禁，悲愤却无能为力，便只好归之于天，安之若命。“已焉哉！天实为之，谓之何哉！”强者在逆境，能够勉励自强，弱者只能怨天尤人归结天命，小官吏明显就是等级制度下的一个弱者，他没有能力改变这样的社会现状，没有能力在这样黑暗的官场中通过勤劳来获得相应的回报，没有办法在家人那里获得理解和尊重，跳脱这个圈，跳不出“天命”的安排，这便成了他的宽慰之词。

一个差事繁忙的小官吏，在出北门这一行程中产生的联想，其生活内外交困，外有繁重差事，内有家人讥笑责难，无可奈何的哀伤和忧虑，溢于言表，只好归于天命。而这联想，可能都是出北门时，北门之外风带来的凉意造成。所谓气之动物，物之感人，凄凉之意，沁人心脾，萌发了感触，仿佛让我们看到一个瑟缩人物正在眼前走过。

命运的安排经常是难以抗拒的，正如小官吏的感叹一样，每个人在自己的人生旅途中多多少少都会碰上这类身不由己的事情，心中苦楚言语难辩。命运的安排难以抗拒，个人命运难以驾驭 ，是否将一切归于天命，消磨冲动、激情、不满、反抗精神，安之若命？作为物一样的人存在？《北门》中的小官吏通过自诉，尽管背负沉重的压力，身不由己，这样好像就能稍微让小官吏心中得到些许平静，毕竟命运安排是不可改变，而不是自己不愿反抗改变。我们通过小官吏的言语口气，不难得悉，其内心还具有强烈的自我意识和反抗精神，显然对命运的安排心中是不甘就范。诗中他所传达出来的抱怨的声音，也许是微弱的、无力的，但不可否认，他将自己心中的不满，当下的社会现实，描述出来了。

抱怨和反抗是小官吏表明自己存在的重要方式。从某种意义上说，反抗的效果并不是最重要的，最重要的是他是否具有这样的反抗意识。如果一个人对现实的不公、不平、不仁已经失去了“不满”和“反抗”，对一切安之若命，就如同动物植物般活着，这会是多么可悲的事情。完全没有了自我的意识，失去了对世间一些事情的自我看法和判断能力，像个物件一样任人支配、欺压、谩骂，这样没有意识地活着，可以说是一种不幸，也可以说是一种幸福，因为他不需要思考，不需要反抗，不需要理解，只需乖乖地听话，按照既定的人生轨迹，一步一步麻木地行走着。只是一个无法摆脱的矛盾，小官吏他不愿被奴役、被支配、被当作物件，却又不得不被奴役、被支配、被当作物件。他是幸福还是不幸?

如果小官吏始终是务实忠臣的缩影，“刺仕不得志也。言卫之忠臣不得其志尔”，那诗借一位位卑任重，处境困穷，无处诉说的小官吏埋怨公事繁忙、生活困难。是否可以看到这样一幅社会的画卷缓缓舒张呈现在我们的面前：辛勤办事，忙于差事的小官吏，终窭且贫；大官居暖室，赏歌舞，宴嘉宾；忠臣不得志，谗臣，平步青云。

劳而无功

——《诗经·北山》

陟彼北山，言采其杞。偕偕士子，朝夕从事。王事靡盬，忧我父母。

溥天之下，莫非王土；率土之滨，莫非王臣。大夫不均，我从事独贤。

四牡彭彭，王事傍傍。嘉我未老，鲜我方将。旅力方刚，经营四方。

或燕燕居息，或尽瘁事国；或息偃在床，或不已于行。

或不知叫号，或惨惨劬劳；或栖迟偃仰，或王事鞅掌。

或湛乐饮酒，或惨惨畏咎；或出入风议，或靡事不为。

所谓劳逸不均即为“逸之无妨”“劳而无功”。这是阶级制度下的腐朽产物。在这样的社会里面当差，是一件很不幸的事情。

今日爬上高高的北山，并非出游赏景，实乃公务加身，奉命去采山上枸杞子，沿途美景，因疲惫早已无心欣赏。虽是体格健壮的士子，但从早到晚要办事，难免力竭，愁云生，王根本没有体会我们的辛苦，毫不顾忌我们的感受，差事分派总是没完没了，仿佛使唤牲口，只求完成任务。从事这样的差役，无闲时以顾家，忧父母失奉侍，未尽为人孝道。都说普天之下每寸土地都是王的土地。四海之内的人都是王的臣。既然同为王臣，同立于王土之上，“大夫不均，我从事独贤。”大夫分派为何不公，我的差事多又重，大夫却可以以逸待劳，这又何解？想起大夫交代差役前“真诚”的“加冕”：“你正年龄相当，你的身体这么棒，真是前程不可限量，你多出几趟差，多作些贡献！自然能够加官晋爵，总会有出头的日子。”其实苦累之事，皆我等为之，功劳赏赐都是大夫所领，一念及此这张统治者驭下的嘴脸似乎更为丑恶无比。

再想到既然同为率土之滨，皆为王之臣子，何故大夫“逸之无妨”，士卒“劳而无功”。此不公之事，皆等级之故。位高者可“燕燕居息”安逸家中坐、“息偃在床”床榻仰面躺、“不知叫号”征发不应召、“栖迟偃仰”游乐睡大觉、“湛乐饮酒”享乐贪杯盏、

“出入风议”溜达闲扯淡；位卑者尽瘁事国尽心为王国、“不已于行”赶路急星火、“惨惨劬劳”人苦累心烦恼、“王事鞅掌”王事常操劳、“惨惨畏咎”惶惶怕责难、“靡事不为”凡事都得干。位高者逸之，位卑者劳之。这是多么的不公平？生于此世间，不敢有评论，平淡述此事，聊以抒感慨。

诗开篇便是通过一差役，仕途低沉的人物来自诉公务繁忙，差役不息。繁忙的公务，与不断被差遣地办事，让这个小小的差役觉得“忧我父母”，恐怕没有时间照顾自己的父母，侍奉父母乃是道德孝道，而在阶级制度压迫下，人都无法实行基本的道德，可见小差役，受迫害之深。接下来一层，通过“溥天之下，莫非王土；率土之滨，莫非王臣”这种强有力的说辞，直接说出了“大夫不均，我从事独贤”的不公。接下来讲了统治阶级的一些官场手段，用“旅力方刚”这样冠冕堂皇的话语，“激励”“鼓励”别人“经营四方”。揭露了那些统治者的丑恶嘴脸。最后更是用一连串劳逸不均的深刻对比，更加直观地反映了当权者、统治者的安于享乐，并不为民做实事，却能够获得大部分的功劳。小差役只是描述了他的处境，表达了一些他的看法，却将这个不平等的阶级统治社会的现象揭露而出，试想，小差役尚且如此，那些毫无权利的普通百姓平日生活中又会受到怎样的压迫，日常工作如何繁忙，生活又会是多么的艰难。让人不敢想象。诗中还能看出小士卒对自己无法获得应有的晋升的隐怨。做得比人多，辛苦付出比人多，却一直都是受人差遣的小士卒。

在社会和政权按严密的宗法制度组织，等级森严，上下尊卑的地位不可逾越的现实里，底层小官吏，不管如何努力，也难有晋升的机会，这样的社会，完全是按照血缘关系的远近亲疏来规定地位的尊卑，他们会将权力把持在自己的手中。诗中的小士卒属于最低的阶层，在统治阶级内部并没有什么地位，往往只是最受役使和压抑的人群，他们付出的辛劳和痛楚，心中的苦闷和不满，暴露了统治阶级内部上下关系的深刻矛盾的同时，也反映了等级社会的不平等，揭露了统治阶级上层的腐朽和下层的怨愤。

位卑者工作繁重、朝夕勤劳、四方奔波，位高者成天安闲舒适，在家里高枕无忧，饮酒享乐睡大觉，对朝廷征发号召不闻不问，吃饱睡足闲嗑牙。位卑的士卒却还要被这样的大夫差役使唤，辛勤劳苦不提，还成天提心吊胆，生怕出了差错，被上司治罪。这样的社会，我想士卒难当，忠臣不为，因为宦官当道，谗言祸害对其肯定也是伤害其深。

阶级统治，“逸之无妨”“劳而无功”，愁苦了百姓。

孝子行役

——《诗经·陟岵》

陟彼岵兮，瞻望父兮。父曰：嗟！予子行役，夙夜无已。上慎旃哉，犹来无止！

陟彼屺兮，瞻望母兮。母曰：嗟！予季行役，夙夜无寐。上慎旃哉，犹来无弃！

陟彼冈兮，瞻望兄兮。兄曰：嗟！予弟行役，夙夜必偕。上慎旃哉，犹来无死！

行役多年，不曾归乡，念及家中父母、兄长，常感失落。常言“远望可以当归，长歌可以当哭”。人子行役，倘非思亲情急，登高望乡。登临葱茏山岗上，远眺故乡亲人所在的方向，望不见乡，望不到人，茫茫山川，却阻不断我对你们的思念。

登临葱茏山岗上远远把我爹爹望。想起临别时父亲叮咛的情景，父亲那时眼角并未湿润，行兵服役本为常事，哪个男儿不从征，哪个男儿不离家，父亲只是平静地告诉我，行役期间，需早晚四处奔行于荒野，要我多加保重身体，“无止！”记得回家不要停留在远方，勿做一个不归的人。曾想父亲是否也征过兵，服过役，知道其中的辛苦。离别时，他的身影不再高大，只是一个希望儿子早日归来的孤寂老人。

登临荒芜山岗上，远远把我妈妈望。想起临行前母亲的叮嘱，手捧着母亲递过来的粮食，看着母亲更加深陷的泪眼，不难想到，临行前的夜晚，母亲为我备粮，为我收拾行李到了多晚，儿行千里母担忧，何况此去从征，不知何时归，母亲嘱我要吃好，睡好，从征很苦，没日没夜睡不香，一定要当心身体呀，早日归来，归来莫要将娘忘。一声一啼哭，泪已止不住地流。

登临那座山岗上，远远把我哥哥望。兄长临行所叮嘱，我岂不知，莫要留骨在他乡，征役乃是行军作战，行旅艰苦，“路有饿死骨”，也很正常，两军交战，死伤难免，是否能活着归来，大家都不肯讨论这样的话题，如果我未能归来，兄长也会替我尽为人之子的孝道，服侍父母的吧。

诗所述乃是征人思念在家父母、兄长，但通篇阅读下来，并没有直写征人是如何如何思念远方的亲人，而是通过写临行征役时，亲人一一的叮嘱，从亲人思念自己的角度出发，却能让人深切地感觉到征人对亲人的思念，因为思念本就是一种相互的行为。征人“陟彼”是为了“瞻望”父、母、兄，想起他们临行的叮嘱，想念他们的关怀，如果不是日夜思念他们，怎会记得临行前他们叮嘱的话语，临行前的画面？“夙夜”“无已”、“无寐”、“必偕”这些都可以看出军旅生活的艰辛，征役之人虽然不说，但从亲人口中殷勤的叮嘱就能想见。“犹来无止”、“无弃”、“无死”这是一种递进的关系，“无止”不要停留，说明老父觉得征人还有掌握自己自由的权利，战争很快就能结束，结束就能归来，就要早点归来。“无弃”不要抛弃，孝子怎能抛弃自己的母亲，除非军旅生活漫长，长到母亲等不到儿子的归来，但母亲还是觉得战争不会带走儿子的性命，他还能归来。“无死”不要死去，这就赤裸裸地揭露了战争的危险，战场上面随时都会牺牲性命，征人此去就有可能再也回不来了。诗从亲人的叮嘱中一步步地揭露征役的残酷，以及征人思念亲人，害怕不归的心情。

不论身在天涯何处的征人，必定父母亲人常挂念于心，如吾相念不由减，即便多年未相见。我在异地他乡的高山上望着故乡的方向，思念着家乡的亲人，家乡的亲人此时此刻想必也正登高念己。孩儿未曾忘记父母临行前的叮嘱，兄长临行前的关爱，希望远方的你们也一样安好，战争一结束，我便会立马归家，常侍左右，以尽孝道。

征旅不止，只能借以“远望可以当归”，聊以慰藉思乡之情。征人也有相思泪，无时不刻思归家。但愿征役不再有，父母亲人团圆乐融融。

“好人”被刺

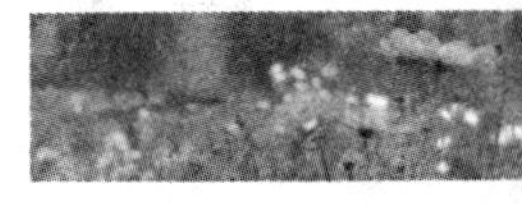

——《诗经·葛屦》

纠纠葛屦，可以履霜·掺掺女手，可以缝裳。要之褋之，好人服之。

好人提提，宛然左辟。佩其象揥，维是褊心。是以为刺。

“苦恨年年压金线，为他人作嫁衣裳。”天气开始转寒，在这样寒冷的日子里，却只能穿着一双夏天的破凉鞋，走在满是寒霜的地上，双脚早已冻僵，实则无奈，无暖靴，可御寒，唯有葛屦，聊胜于无。可怜我这双纤细瘦弱的手，还要在这样寒冷的日子里，替别人缝制衣裳，看着这双瘦弱的手，因寒风而瑟瑟发抖，怎么能替别人缝制衣服呢？但身为女奴，主人的命令又如何能够违抗呢？一针一线，在瑟瑟发抖的小手，日夜不停地忙活中，主人要的衣服缝制好了。做完后还要提着衣带衣领，恭候女主人来试穿新装，不知其何时方到，希望她能满意，如若不然，重做难免，还要被指责谩骂。

终于等到女主人有空闲，前来试穿，女主人试穿后觉得很舒服，却左转身对我一点也不理，又自顾在头上戴象牙簪子，似一切乃理所应当，全不理会我日夜忙活，何其辛苦，也许人命草芥，不若簪子更值得认真看待。想到辛勤的劳动，既然得不到应有的报酬，女主人却能不劳而获，这种不公，又因为这女人心肠窄又坏，所以我要作诗将这样的“好人”狠狠刺刺，让大家认识富人的丑恶。“维是褊心。是以为刺”。

“纠纠葛屦”是侍女自己在夏天的时候编制的草鞋，这样的草鞋怎么能够在下霜的季节，行走在霜雪的地面？答案很明显，诗从这里就开始表现出了侍女对女主人对待自己的不满，里面掺杂了不满、无奈之情；接下来是纤细的小手，怎么可以缝制衣裳，纤细的小手，并不是心灵手巧的形容，而是长期营养的缺乏，所以显得纤细，可见侍女是过着艰辛的生活，即便如此，纤细无力的手还要替女主人缝制衣服，可见女主人一点都不在乎她们，而是一味地压榨着她们，在这里将矛盾深化。在天寒地冻的夜晚，还要为缝制女主人的衣服而“要之襋之”。女主人在验收试衣的时候，却“宛然左辟。佩其象揥”，一点也不关心侍女缝衣的辛苦，仿佛侍女所做的一切都是理所应当之事，这便将矛盾推到了高潮。这也是为什么，侍女作诗讽刺女主人的原因。一件叙事，矛盾层层深入，讽刺得顺理成章。

诗有两女，缝衣女只写她的脚和手，在霜雪的季节脚穿凉鞋，可想其受冻之状；手儿瘦弱，可见其挨饿之状。经过这些细节的一一描摹，一个饥寒交迫的缝衣女形象便跃然出现在了我们的眼前。女主人，虽未描摹其容貌，但看其在试穿新衣时扭身动作，以及自顾佩簪梳妆旁若无人，这些傲慢姿态，便刻画出了一个不通人情、傲慢自私的女贵人形象，而且还是一个“好人”的可恶形象。

既然是好人，为何缝衣女仆要将她狠狠刺，要让大家看看“好人”的真实面目呢，这自然就是蕴含了阶级斗争的意思，剥削者和被剥削者从来都是同时存在的事物，哪里有剥削，哪里自然就有被剥削。自然哪里有压迫，哪里就有反抗的受难者，受难者一般都是遇到不公的待遇选择沉默，只有当底线被不断挑战，迫害被不断加深，最终才会发出压抑已久的反抗情绪。饥寒交迫的女仆，忍饥挨饿，却仍然要为女主人赶制衣服，或许先前觉得这一切本是正常，虽然自己是仆人，冷一点，饿一点，总好过没吃没穿，主人对我们还是不错的，那就辛苦一点按主人的命令给缝制一件衣服吧。但“好人提提，宛然左辟。”忽然醒悟，在主人的眼里，仆人只是仆人，一切劳作都是天经地义，她根本不理会仆人的辛苦，甚至没有对同为人的女仆，有一丝的尊重，这严重地刺伤了女仆的尊严底线，对于这样的压迫，这样的不公，这样的“好人”做出了反抗“维是褊心，是以为刺”。

通过侍女为女主人缝衣这件事，以点见面，我们不难见到当时社会的阶级压迫和被奴役者的可悲命运，启发人们去思考、去探求产生贫穷和悲剧的根源。

苦恨年年压金线，为他人作嫁衣裳。受迫女仆诗歌以刺之，“好人”原来非好人。

三良从死

——《诗经·黄鸟》

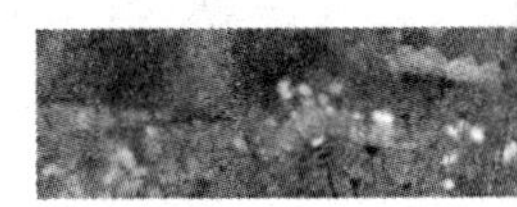

交交黄鸟，止于棘。谁从穆公？子车奄息。维此奄息，百夫之特。临其穴，惴惴其栗。彼苍者天，歼我良人！如可赎兮，人百其身！

交交黄鸟，止于桑。谁从穆公？子车仲行。维此仲行，百夫之防。临其穴，惴惴其栗。彼苍者天，歼我良人！如可赎兮，人百其身！

交交黄鸟，止于楚。谁从穆公？子车针虎。维此针虎，百夫之御。临其穴，惴惴其栗。彼苍者天，歼我良人！如可赎兮，人百其身！

“生得其所，死亦自在。”此乃世间曼妙之事。有山未游，有情未终，有孝未尽，有才未露，大好青春，谁又甘殉葬于人。与友人别，与亲朋别，与邻里乡亲别，就此与黄土为伴，长眠辞世？

交交黄鸟鸣声哀，枣树枝上停下来。是谁殉葬从穆公？“三良”从死，该不该，他们的才能谁不称赞，个个都有百夫之才。观看的人是否可曾想过，死人入土，活人无罪，想象着当时众多的殉葬者，被押解到穆公的墓穴时，望着眼前的阴暗的巨坑，将要吞噬他们生命的巨坑，心里怎么可能没有进行强烈的反抗，男儿可以为国征伐，抛头颅洒热血而死；女子可以相思断肠而死；仆可以忍饥挨饿，辛勤操劳而死；公子可以作威作福，淫奢而死。人的死法可以有很多，可是殉葬这种极其不人道的恶习，却生生剥夺了人赴死的方式，在殉葬这种惨绝人寰、灭绝人性的行为面前，观看的人都“惴惴其栗”。他们是否听见，那一声一声连绵不绝的哀号？喊破了喉，哭红了眼，最后哀号的声音被重重的黄土掩盖，空气里那股新鲜的黄土气息，是否闻之沁心，终于听不见那哀号，见不到那无助，是否心生解脱之感？这是怎样的一个社会，人民是怎样的麻木，可以看着这样的恶行发生，而毫不反抗！

诗中的“良人”我想把其理解为那殉葬的几百人，而不仅仅是车氏之三子奄息、仲行、针虎的“三良”，人都已死，何不一起缅怀，哪还需再有特例。同为殉葬者，被悼念，生不平的为何只是那些贤良之才？这本来就反映了这个社会的不平等，就是因为有这样的不平等，有这样的等级存在，穆公死，需要在冥界有人服侍，才有这样的殉葬恶习。目睹者除了对天愤怒，质问苍天为何要“歼我良人”，对天指责怒骂有何意，在封建的社会里，是不是遇见无力违抗的事情，都只能寄托神明显灵，苍天庇护吧。

黄土黄，长眠长，贤士俊才就此眠。如若可赎代他死，百人甘愿赴泉台。由此可见，秦人对“百夫之特”的奄息们的悼惜之情了。我更喜欢理解为这是一种无望的决心，在这样惨无人道血淋淋的事实面前，人民的不满只是开始觉醒，控诉，却未能付诸行动，可见当时社会对人民的教化和压迫有多深。

“秦伯任好卒（卒于公元前621年，即周襄王三十一年），以子车氏之三子奄息、仲行、针虎为殉，皆秦之良也。国人哀之，为之赋《黄鸟》。”（《左传·文公六年》），诗分三章，分别以歌颂“奄息、仲行、针虎”这三良有百夫莫敌之才，却从穆公殉葬而死，诗人见此景，哀呼苍天歼秦朝的良人，这是一个时代的特征——殉葬，也是极其不人道之举，诗人通过三良从死这件事，揭露和控诉了殉葬的恶俗，以及对良人的痛惜，如愿替其受死，这是一种爱国情结的体现，因为那都是“我”的良人，同是一国之人，但三良有百夫莫敌之才，而自己在这个时候却什么都做不了，用我这样无用之人，替三良殉葬，为国家保留栋梁之才，秦才能强盛，“如可赎兮，人百其身！”只一句，我只希望理解为夸张之法，以及诗人对栋梁之才就这样殉葬而是感到深深的痛惜，人本来就是平等的，谁人愿见用百人的平凡的生命去换取一条有用的生命呢？这和当前这种殉葬有何差别？

“天子杀殉，众者数百，寡者数十；将军大夫杀殉，众者数十，寡者数人。”（《墨子·节葬》）殉葬，何其不公，何其不仁。乃为残暴。

愿君贤明

——《诗经·巧言》

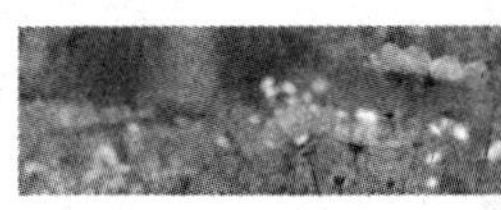

悠悠昊天，曰父母且。无罪无辜，乱如此幠。昊天已威，予慎无罪。昊天泰幠，予慎无辜。

乱之初生，僭始既涵。乱之又生，君子信谗。君子如怒，乱庶遄沮。君子如祉，乱庶遄已。

君子屡盟，乱是用长。君子信盗，乱是用暴。盗言孔甘，乱是用餤。匪其止共，维王之邛。

奕奕寝庙，君子作之。秩秩大猷，圣人莫之。他人有心，予忖度之。跃跃毚兔，遇犬获之。

荏染柔木，君子树之。往来行言，心焉数之。蛇蛇硕言，出自口矣。巧言如簧，颜之厚矣。

彼何人斯？居河之麋。无拳无勇，职为乱阶。既微且尰，尔勇伊何？为犹将多，尔居徒几何？

受谗者忧谗，却心忧天下，通过个人受谗言说迫害，描绘一个谗臣当道，揭露了谗言祸国的卑鄙行径。“《巧言》，刺幽王也。大夫伤于谗，故作是诗也。”（《毛诗序》）

“悠悠昊天，曰父母且。无罪无辜，乱如此幠。”未有过错，却遭受到如此大的祸害，诗一开篇，便将一个茫然蒙冤者展现在了我们的面前，而且蒙冤受谗之深，无处得以诉说，情感激愤，不然也不会对悠悠昊天，做着苍白而又绝望的申辩：“昊天已威，予慎无罪！昊天泰幠，予慎无辜！”这里的“昊天”我们可以理解成当权的执法者，“已威”已经对诗人的申辩感到愤怒，觉得其一派胡言，将要就此定罪结案，“泰幠”当权执法者太疏忽，并没有明察，不听申辩，就要定罪，即便此时诗人反复强调“慎”自己真的无罪，自己真的是无辜。本是清白身，何故受谗言，欲辩却无言，情急愤急，竟无法用实情加以洗刷，只是面对苍天，反复地空喊，蒙此冤而又无处伸雪。实乃大不幸也。

为何今有此境遇，为何清白无处还，事乃皆因谗言起，是否如此？祸乱刚刚发生的时候，“僭始既涵”（僭：通“谮”，谗言。涵：

容纳)，谗言没有被遏制，而是得到了包容，于是谗言开始流传，才有人受谗言所害。祸乱再次发生的时候，君子又选择了相信谗言。这个“又”字有既然“还相信”的遗憾和无奈。“君子如怒”“君子如祉”，“乱庶遄沮”如果在谗言发生的时候“君子”能够亲自调查验证，怒斥谗人，祸乱就能快速停止，谗言造成的祸害就不会严重了。进谗者固然可怕、可恶，但谗言乱政的根源不在进谗者而在信谗者，因为谗言总要通过信谗者起作用。“君子如能任贤明，祸乱难成早已终。”君子无辨是非，尽喜听谗言，此乃祸首，尤为悲呼。

诗人通过眼前自己受谗言祸害，而不能申辩，心中开始担忧，担忧如果“君子”受进谗者蛊惑，而相信他们，与他们终日相伴，可以想见君子身边常常有这样进谗言之人，祸乱的年代就会持续长久，受祸乱之害的人也会越来越多，社会将会在不安的祸乱之中，“君子屡盟，乱是用长。君子信盗，乱是用暴。”诗人看到了谗言祸国的场景，同时接下来也写了进谗者深知察言观色之道，见喜而迎合之，见不喜则痛斥以迎合之，让信谗者如遇知己，喜得贤臣，进而信其言，而不故调研真相。毕竟调查真相，深入民间，本来就是一种辛苦的事情，既然有人能信，既然“谗言”有理，又为何劳心劳力，再寻真相。祸乱因此得到滋养。“匪其止共，维王之邛。”进谗者怎么能够尽忠职守，他们只会酿成祸国的灾难。只是诗人对

“君子”的提醒，对国家的担忧。“奕奕寝庙，君子作之。秩秩大猷，圣人莫之。”眼下的国家是同当年先皇通过东征西讨，征战而获得的，现在这些巍峨的宫殿与宗庙，都是“君子”建立起来的，圣人们为这个国家安定制定了有条理的典章制度，“君子”应该按照这些制度来行事。进谗者他们总是为一己之利，而置社稷、民众于不顾，处心积虑，暗使阴谋，想要毁坏“君子”的这一切，“予忖度之”，君子应该能推测料想得到。毕竟进谗者如“跃跃毚兔”，最终会“遇犬获之”。这是警示进谗者，终会遇到贤明的人，可以看穿谗言，做出公正的决策。“往来行言，心焉数之。”“君子”行事应该亲力亲为，做到心中有数，才能避免谗人进谗而做出错误的判断。因为进谗着“蛇蛇硕言”“巧言如簧”“颜之厚矣”，他们在“君子”面前表现出来的却是花言巧语、卑怯温顺，让“君子”根本看不出那些谗者那花言巧语赖以立身的画皮后面所隐藏的阴险、虚伪丑陋面目。

人无信则不立，“为犹将多，尔居徒几何”，谗言者，无信，往往为了一己私欲和眼前的利益，颠倒是非黑白，甚至不惜出卖身边的朋友，身边的人都知道这是一个喜欢造谣，爱说大话，不可信者，故疏远，不愿与其相交。

像我这样遭受谗言祸害的人，还有很多，个人恩怨之争无意，试想如果一个国家，谗言者众多，信谗者众多，实力不明，是非不分，天子左右皆为谗臣，那岂不谗言误国、谗言祸政。希望天子能够贤明，勿做信谗人。诗一层层地深入，一层层地揭露，以一受谗者言迫害，写到忠臣受迫害，以及“君子”天子受谗言，而做出错误的判断，使国家陷入灾难。表达了对进谗者的痛恨，对国家的担忧，对贤明君主的期盼。

听谗者应保持清明，无信谗言，方不误判，不误民，不误国。

万般无奈

——《东门行》

出东门，不顾归。来入门，怅欲悲。盎中无斗米储，还视架上无悬衣。拔剑东门去，舍中儿母牵衣啼："他家但愿富贵，贱妾与君共哺糜。上用仓浪天故，下当用此黄口儿。今非！""咄！行！吾去为迟！白发时下难久居。"

无可奈何花皆落，若非无可奈何，谁愿招惹是非。清贫虽苦，仍有妻儿伴，邻里相亲，父母待孝，本意欲安平，朝食粥米糊，耕种南田里，暮归陋室寝，身阡陌度此生。今出东门，不顾归，实乃清贫不附加。

踟蹰、扼腕，本已下决心，奈何有顾念，终又脚步沉重地走回家来，不打算归家，但又不得不归，因为心中毕竟有所顾念。日夜相伴是亲人，怎能不念，就当是离别，似也应见至亲面，归时路，近却远，举步艰。熟识街巷，并无挽留的情绪，一路漫漫。

推门进，愈惆怅，心伤悲。是否不当归？又见家中无米储，还视架上无悬衣，无衣无食，念妻儿，忍饥挨饿，心悲切，身为一家主，怎能此而不为，冻馁待毙决不可，一腔热血誓不馁，当去同命运进行最后的决斗。

谁人不惧死，谁人不惜命，谁人不愿妻儿相伴到白首。终究是没有办法，吾得拿上剑，去为可怜的妻儿、瘠贫的家庭争取奢侈的温饱，哪怕是一餐。吾不愿惊扰舍中的妻儿，可终究是瞒不过的。汝亦知吾去何由，为何不解吾心愁，泪啼满面终难改，汝说不羡他家富，愿与吾皆食白粥，自从结发日，家中柴米汝掌勺，怎能不知家近况，无米揭锅，无食果腹。汝自知无力，恐难将信与吾，愿吾看在老天爷的面子上，怀仁爱之心断此歹念，殊不知，每每饥寒时，双手合十祈天悯，虔诚之心甚汝，如有应验，今又何须如此。不可信，不可信。吾知此为，触王法，牵连妻儿罪难消，可是眼前饥饿迫，不忍见汝受此苦，实当无奈行此法，汝应知吾意，吾亦知汝情。

此意已决，此行毕践，望汝勿劝，吾若早警觉，识得当下境，早该动此行，现若不行事，只恐时不待，恨晚，只因又见妻儿挨饿。

吾本意携汝平淡过此生，奈何世事艰辛不予许。温饱尚不能，天命皇命犹可违。

一个安分之人，如何走上一条危险之路，这是一个非常复杂的过程但又顺理成章的过程。诗则紧紧抓住主人公几度徘徊，犹豫难决，归家之后，见家中之境，而复出，至东门不归。其内心充满矛盾，以致行为前后也存在矛盾，但这些在当时的情境下又显得如此必然。盎中无米，架上无衣，“斗”和“悬”两字不仅起到了强调的作用，而且更加强了诗的真实性，这些都是眼见的事实。盎中无米，架上无衣，是主人公之所以悲伤的由来之因，也正是一个好人不得不去冒险的根本原因。“视”下属且加“还”字有将同类窘境并列，而且还有一种语势徒然转折递进之感，如说“视盎中无斗米储”，就将本句与上句隔断，上句的“悲”字就悲得不够真切，不够沉痛，就失却那种震撼心灵的力量。像诗中这样将“还”字运用得得当，就更加重了上句的意义：吃没吃，穿没穿，还有什么活路呢？让主人公的窘迫生活立刻呈现在大家的面前，以及让大家顿时就能理解主人公为何“悲”，为何走上一条危险之路。

主人公经过内心多次挣扎后，在回家见到这样的窘况，终于下定决心，拔剑准备从东门而去了。此举所谓何意，家人自然知道，妻子更是能体会，到最后总是要走上这条不归之路，主人公对自己所为并未做解释，妻子便牵衣哭劝，便知道妻子知道男子所去为何，但依然为此行为感到害怕，其哭劝理由，大体为自己不会羡慕富人的生活，只要有稀饭可果腹；可以看在上天的分上，不要去做这种“坏事”。希望能看在孩子的分上，就此取消此种念头。但最后主人公的行动，表明了，那些理由都太过无力，家中灶下连一粒米都没有了，哪来稀粥可喝？上天早就不开眼，不然怎么会看着他们这样受寒受饿，而不施以恩泽。最后，想必主人公正是为了家庭才做出这样的选择，踏上这条危险的道路。

妻子所说的这些无力的借口，都是因为害怕一旦事败，触犯“王法”，不但救不了一家老小，而且还会将他们投入更深的深渊。因为亲人而打算以身试法，听到此话，犯法必定牵累亲人，妻子说的这句话让主人公的心里极度矛盾；同时前后照应，照应了前句主人公的“怅欲悲”，加深了读者对主人公内心矛盾的理解，同时加深了主人公命运的悲切，命运逼人去犯法，犯法还要累亲人。不免有种饮鸩止渴，又不得不饮的感觉。妻子循循善诱。主人公这样回答他的妻子：“咄！行！吾去为迟!”两个单字句，一个四字句，短促有力，声情坚定地传达了主人公的决难回转，就要去拼命的决心。“咄”在这里是急叱之声，吆喝他的妻子走开，不要拦阻他。他说现在去已经为时太晚，这里的“为迟”，并非指这次行动太迟，而是主人公对当下情况，当前的世道人情，尚缺少清醒的认识的理解，觉悟太迟了，再这样下去，就等着饿死冻死。“为迟”也可以说起来反抗总还是有希望的，为迟但并非毫无机会了。主人公不愿意放弃活下去的希望，“白发”一句，可能是汉代的俗语，意思大概如今天说的“谁知还能活几天”。表明主人公把这罪恶的人生看穿了，而不是说人的年龄。看穿了贫苦百姓，在这样的世道，再不站起来反抗，自己主动去争取，就只能眼睁睁看着家人受冻，自己老死，结束无用的生命。

诗虽然采取了杂言形式，但是由于用字简练，句子长短相济，现实描写深刻，读来有顿挫流离之感。

万般情无奈，举剑试法，犹不惜，只因妻儿无衣食……

生不逢时

——《上山采蘼芜》

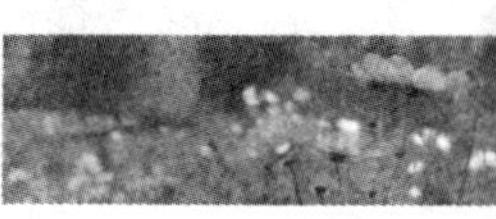

上山采蘼芜，下山逢故夫。
长跪问故夫，新人复何如？
新人虽言好，未若故人姝。
颜色类相似，手爪不相如。
新人从门入，故人从合去。
新人工织缣，故人工织素。
织缣日一匹，织素五丈余。
将缣来比素，新人不如故。

山上采香草归来偶遇前夫，长跪见礼问道新妻如何？语气平稳，却不免让人察觉到醋意，一股子的怨恨之情喷发而出。当时的社会环境下妻子对丈夫见面行礼是家常便饭，但在被抛弃后仍旧恪守礼节，如此素养，可敬可叹！但我更愿意理解为，这其实隐射出女子在旧时社会礼节观念下，受迫害之深，行礼跪拜都已经成为骨子里面的习惯了！

前夫道："新人虽也不错，却未必比得上你。容貌相差无几，手脚却没有你麻利。"在当时的社会，妻子是男方用礼金买来的，在老辈的眼里，妻子便是他们的劳动力，所以劳动能力就成为他们评定一个妻子是否合格的标准，新人手脚不若故人麻利，可见新人的劳动力没有故人高，那妇人又为何被弃？看到这，不免让人对妇人被休的原因感到疑惑！

"新人从门入，故人从合去。"这是妇人听到故夫提及新人，并且说觉得新人不如自己好，而产生的怨恨之言，既然新人不如故，可是故夫却要娶新人，抛弃自己。新人进门的那天，大门鞭炮齐鸣，欢天喜地，故人却要悄悄地从侧门被送走。这是一种很鲜明的对比，让人完全能够了解妇人为何生怨。

接下来写到新人和故人，具体劳动能力的区别。"新人工织缣，故人工织素。织缣日一匹，织素五丈余。"新妻只能织黄绢，而她却能织白素。新妇人一天一匹黄绢，妇人却能一天五丈有余的白素（一匹为四丈）。用具体的数字说话，更加强有力。

由此观之，在旧社会，所谓父母之命，媒妁之言大如天，而夫家挑选妻子的一项重要标准便是女方的劳动能力如何。妇人不像《孔雀东南飞》中的刘兰芝，尽管“鸡鸣入机织，夜夜不得息”，焦母却嫌她生产太少，被夫家长辈嫌弃被迫离开，所以妇人因劳动能力低下而被休的理由显然是站不住脚的。那到底是为什么这样优秀的故人会被夫家所弃呢？值得我们深入研究。

对于妇女，封建礼教有明确、具体的规定：“妇有七去（七出），不顺父母去，无子去，淫去，妒去，有恶疾去，多言去，窃盗去。”七出所言相似。不顺父母，从妇人见前夫便行跪礼可见其是个恪守礼数之人，此条不成立。淫，“长跪问故夫，新人复何如？”此句或许让人觉得不免心怀怨恨，然其对故夫的深深思念之情亦溢于言表！专情之人必然不淫，此条不成立。妒，“将缣来比素，新人不如故。”丈夫能得出新人不如故的结论，能在妇人询问新妻时不假思索便娓娓道来，由此可见之前两人的感情必然不错。既不错便无须妒。此条可能性极小。有恶疾，织素五丈余，这可不是有恶疾的人能轻易为之的事！盗窃，守礼之人必定不行盗窃之事。

倘若如此，便只有无子、多言两条可作为妇人被休的理由。开篇便说道“上山采蘼芜”。蘼芜，是一种香草，叶子风干可做香料，古人相信蘼芜可使妇人多子。我们无以得知妇人平日是否多言，想必无子便是妇人被休的主要原因。这样我们便能理解，在那样封建的世俗年代，如果女子不能为夫家生儿育女传宗接代，自然会被休。幸福是建立在达到当时封建民俗标准的基础之后的事情，这样一对本可以幸福的人儿被生生拆散开，因为故人无子。我们很难想象一个弃妇在那样封建的年代，需要饱受多少的流言，这位弃妇，只把这些辛酸苦楚化作了“新人从门入，故人从合去”。这也是诗，隐而未诉的话。

“新人从门入，故人从合去。”这是一个多么心酸的时刻，当时的天空应该是灰的，前夫或许不愿却只能在大门迎接着新妻。整个世界只有那个从小门悄悄离去的背影。那是弃妇的无奈和怨恨。

而今两个本相爱的人偶遇，互诉衷肠，相互控诉对社会的不满却无能为力。当时他们应该是在一片落了叶的枫树林。

不禁想到，若是活在当代，不知如此本该令人羡慕的人儿又能否真的令人羡慕呢?

泪落沾衣

——《十五从军征》

十五从军征，八十始得归。
道逢乡里人：家中有阿谁？
遥看是君家，松柏冢累累。
兔从狗窦入，雉从梁上飞。
中庭生旅谷，井上生旅葵。
舂谷持作饭，采葵持作羹。
羹饭一时熟，不知贻阿谁！
出门东向看，泪落沾我衣。

十五从军，八十得归。整整六十五载光阴，生在一个战火纷飞的年代，刚成年便入行伍之中，征战一生，归乡便是支撑所有儿郎的唯一支柱吧！“始得归”，这一刻饱含了多少老兵的满足？它便是那破晓前的一缕曙光，希冀充斥着天地间。重新感受着血脉里奔涌着的血液，好似所有的一切都可以重新开始！

道逢乡人：家中有谁？所谓“近乡情更怯，不敢问来人”（《渡汉江》），用在这里怕是不足以表达出此时老兵一丝欢喜与无限害怕夹杂的矛盾纠结的内心。莫说是在这战火纷飞的年代，纵使歌舞升平，已然沧海桑田。离家之日毕竟太久太久，是否家中还有亲人？难道自己心中没有答案吗？也许只是想从乡人口中获得安慰罢了！也让那份希望能支撑他这年迈的身体久一点。

遥看君家，冢累累。远方那一片片的坟冢便是你的家了啊！言下之意就是：“您的家中已无他人了。”生怕老兵承受不住的乡人，遥指一片坟冢，多么令人哀伤的一幅景象。如此哀伤的景象，又如何能有不哀伤的人儿！只是不知是哀景伤了人，还是哀伤的人儿更哀伤了景！同乡之人只是指出了方向，那累累冢坟，未必就是亲人殆尽的信号，归来的征人或许还保留着这样的幻想，艰难地向着那个方向而去，从军多年，归乡都已经不知道家在何方，家中还有何人。

兔入狗窦，雉飞梁上。谷生中庭，葵生井上。推开门，没有哪怕三两亲人目不转睛地盯着自己的场景。有的只是不知哪儿来的把这当作家的野兔雉鸡，有的只是肆无忌惮茂密生长的杂草苔藓。野兔雉鸡的龇牙咧嘴是不是在嘲笑着这个或许已经不记得家人容貌的人儿，嘲笑着他的无力，嘲笑他纵然归来却依然只能独身一人？杂草苔藓的茂密旺盛，又是否宣布着这儿他们居住已经数十载？

舂谷作饭，采葵作羹。羹饭已熟，不知贻谁！辗转一生，终究还是独身一人。煮好的饭却不知与谁同食。内心的痛苦必不用言表，举目四下，野兔雉鸡都已跑远。唯有出门东望，希望能看到人影，纵使看不清面庞！是看不清了，噢！原来泪水已经布满他的脸庞沾湿了他的衣裳！本以为能有一个即使短暂的新开始，而如今这一眼是否又能望到未来？

一个悲惨的故事。他只是一个人，在这个残酷的封建兵役制度下，不知还有多少的人在经历几十年兵役后发现自己竟是家中唯一存活的人！老兵始得归到问乡人到入家门到东向望，内心世界的变化一目了然。将一个满怀希冀继而泪落沾衣的归乡老兵的无奈、落寞展现得淋漓尽致。没有正面描写掌权者的冷酷无情，对百姓的残酷剥削压榨。这种黑暗的兵役制度在老兵身上一览无余！

然而在这种黑暗的极不合理的兵役制度下，老兵却成了家中仅有的还生还着的人。而家人现在已都是那一个个的坟冢。不禁要感慨底层社会的人们命运由天不由己！

诗以一个八十而归的征人，其返乡经历为线索：结束军旅“始得归”，归途中遇乡人，打听家中消息，到返回家中，见“兔”“雉”不见人。见庭中生旅谷，井上生旅葵，确定家中已无他人。到最后羹饭不知贻谁而“出门东向看”；从中看出归人情感变化为：在归途中，急想回家，急想知道“家中有阿谁?”充满与亲人团聚的希望，到听闻“松柏冢累累”后希望的落空，到推开家门，看景象荒凉，了无一人的彻底失望，最后悲哀流泪“出门东向看”。我们不仅好奇征人“东向看”是看什么，看十五岁时，正是从这个方向从军而去的？六十五年以后又从这边回来？这条漫漫长路，征人就走了六十五年的光阴岁月。东向看，那里是军旅生活六十五年方向？六十五年生活的方向？东向看，那里是祖国的方向？那里是其他战友征人家乡的方向？他们此时是不是也应该和征人一样，到家发现空无一人？全民兵役的年代，黑暗的年代，受兵役迫害的又岂止老征人一人而已呢?

东方是否有太阳升起，太阳升起之时家人不在，又有何希望可言，有何明日可言。

孤儿受奴役

——《孤儿行》

孤儿生，孤子遇生，命独当苦。父母在时，乘坚车，驾驷马。父母已去，兄嫂令我行贾。南到九江，东到齐与鲁。腊月来归，不敢自言苦。头多虮虱，面目多尘土。大兄言办饭，大嫂言视马。上高堂，行取殿下堂。孤儿泪下如雨。使我朝行汲，暮得水来归。手为错，足下无菲。怆怆履霜，中多蒺藜。拔断蒺藜肠肉中，怆欲悲。泪下渫渫，清涕累累。冬无复襦，夏无单衣。居生不乐，不如早去，下从地下黄泉。春气动，草萌芽。三月蚕桑，六月收瓜。将是瓜车，来到还家。瓜车反覆。助我者少，啖瓜者多。愿还我蒂，兄与嫂严。独且急归，当兴校计。乱曰：里中一何譊譊，愿欲寄尺书，将与地下父母，兄嫂难与久居。

偶然来到这世上，惘然已成孤苦儿，孤儿孤苦伶仃，父母早逝，寄人篱下，饱受世间冷暖情。

春气动，草萌芽。三月帮忙养蚕种桑，六月帮忙收瓜，今日本是收瓜日，兄嫂令我来收瓜，“将是瓜车”将瓜车装载满，才可推车把家还。瓜重力竭不能息，辛苦忙活一整天，汗流浃背忙收瓜，推车将满可还家。哪知马路多崎岖，推车受颠簸，力小难控车，于是瓜车翻，西瓜落。看着瓜车翻倒的那一刻，看着西瓜从车上落下，心神慌乱，不知所措，完全顾不上自己力竭的身体，顾不上瓜车翻倒时扬起的尘土，去将翻倒的车子扶起，将散落的西瓜抱起，看着过往的人，上前帮助我的人很少，大多数人，大概是见我年纪小，身边又无大人，便胆大自然地将地上开裂的西瓜捡起来吃，我试图哀求，试图怒骂，但终是显得无能为力，只好看着西瓜被人所吃，最后还得要求别人家将吃完的瓜蒂还给自己，好回家跟兄和嫂交代。试想，如果你的东西被人抢去吃，你会上前向其讨要剩余部分吗？即便少小无知，无谓自尊气节，但孩童也不该有这种心性，唯一能解释的就是后面所提到“兄与嫂严”。看着路人吃瓜，自己却只能舔舔干渴开裂的双唇，脑袋里想着归去该如何面对兄嫂的责打。

推车回家的路上，孤苦伶仃的儿童想着回家该怎么办，过往几年的悲痛记忆不由浮现。父母在世时，“乘坚车，驾驷马”，出入有车马，在家有父母，疼爱有加。世事太难料，好景不长，父母相继亡，留我寄人家。兄嫂无仁爱，驱我如牛马，令我行贾，南到九江，东到齐与鲁。受苦受累吃不饱，头多虮虱，满面尘土，有苦却无处诉说。在外就奔波，归来还得把活干，大兄催我把饭做，兄嫂让我喂马匹，行取殿下堂（取：读为“趣”，就是“趋”。殿：就是高堂），日常琐事尽令我，来来回回无休息。孤儿苦闷无处说，孤儿思亲不可见，不知爹娘怀抱何处寻，只有涕泪流满面。白日使我行汲，日暮提水归来，煮饭喂马，挑水洗衣，这些家务都是孤儿所做，孩子还小，却要忍受着这样牛马奴隶般的生活，多年不停地操劳，手已经干皴，生茧。脚上却没有草鞋，在霜雪的天气里，光脚在霜地里行贾，路上有很多带刺蔓生的草，刺常刺进脚下的肉里面，拔出这些断在肉里的刺，刺痛心扉，“泪下渫渫，清涕累累”，这种刺痛面前，一个小孩怎能不哭泣。冬天别说能穿上夹袄御寒，就连一件短袖夹袄都没有。炎热的夏天更是赤身，无衣服可穿。

孤儿想到这些年的生活，从衣食住行等多方面表露了其在兄嫂家的凄苦生活，被当作奴隶一般地使唤。“居生不乐，不如早去，下从地下黄泉。”可以想见，这种不乐到底达到了怎样的程度，让孤儿宁愿早点跟随父母共赴黄泉。今日“瓜车反覆。助我者少，啖瓜者多”。回去必然无法和兄嫂交代，想到这里似乎已经听见回家后兄嫂纷纷对其叫骂的场景，于是孤儿又想到死，“将与地下父母，兄嫂难与久居。”和兄嫂过着这样的日子，还不如早日下黄泉，随父母团圆。

孤儿受虐非一家之事，亲兄嫂尚且如此待之，可见这是一个到处都存在奴役的社会，孤儿被奴役，更可以想象奴婢会是怎样的生活。“助我者少，啖瓜者多。”这就能说明当时社会人情淡薄，孤儿所代表的弱势群体，生活在这样的年代，缺少关爱，处处受压迫，其兄嫂，并非大富的地主阶级，却仍然压迫比自己更弱之人，可见世态炎凉。居生不乐，不如早去，此乃社会之不幸。

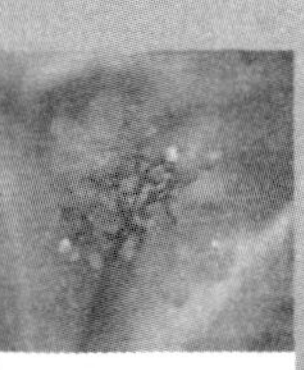

辑二

征战岁月何时休——魏晋南北朝

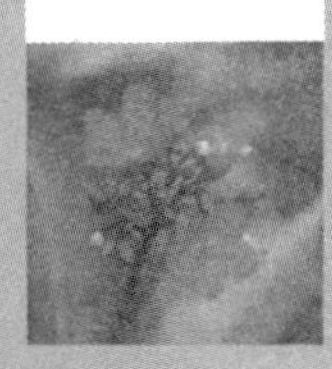

东汉末年分三国，烽火连天不体。汉末的社会动乱和思想的活跃，促使建安诗坛大放异彩。魏晋南北朝期间受建安风骨影响，多有描写诸如战争、行役、尚武、羁旅、人民的贫寒等社公动乱的现实诗歌佳作，展现征战岁月的无情，抒发建功立业的抱负，祈盼战乱体止的明天。

壮士苦寒行

——《苦寒行》

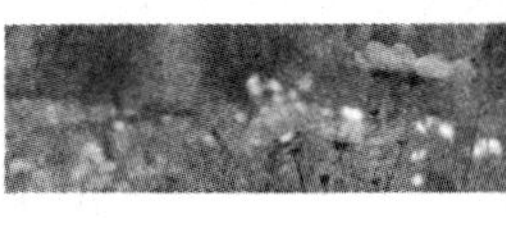

北上太行山，艰哉何巍巍！

羊肠坂诘屈，车轮为之摧。

树木何萧瑟，北风声正悲。

熊罴对我蹲，虎豹夹路啼。

溪谷少人民，雪落何霏霏！

延颈长叹息，远行多所怀。

我心何怫郁，思欲一东归。

水深桥梁绝，中路正徘徊。

迷惑失故路，薄暮无宿栖。

行行日已远，人马同时饥。

担囊行取薪，斧冰持作糜。

悲彼《东山》诗，悠悠使我哀。

曹操

征旅之苦何其苦，征人当知苦寒行。天空飘洒着雪花，征人越岭翻山气难喘。飘落的雪花寒了前行的征人，弯曲如肠的坂道苦了征人的前行。“车轮为之摧”，车轮在这样的山路上受到毁坏。“树木何萧瑟”，“何”，多么的意思，毁坏的车轮，萧条冷清的树木，以及沿道两旁熊踞虎啸，都说明此行艰险，此路漫长。

沿路无人烟，寒战心里打，行走在这样的征途，经过这样的一座高山，走在这样曲折蜿蜒的坂道，风雪交加、食宿无依，征人虽寒战，但无故路回。枭雄也叹息。

一个征旅队伍的统领，他的精神状态极有可能反映了一整个队伍征人的状态，在行旅过程中，此时此刻统领都生出了长叹息，路之艰险，士之萎靡可见一般。“我心何怫郁，思欲一东归。”从惘然惆怅中，直接透露出对艰难军旅行的厌倦，以及思乡思归的急切心情。

深广的水面上并没有桥梁，没有正规的道路，在茫茫大山中，不知该往什么方向前行，路途中我们多次迟疑不前，因不知前方是否有生路，是否沿原路返回比较安全。但在踌躇困惑间，发现早已经忘记了来时的道路，接近天黑时，还找不到可以过夜的地方。

走着走着已经走了好长一段日子，久不见人家，随行粮草将要殆尽，人饿马困，艰难前行。一路上我们担着行囊边走边捡取柴火，开凿冰块，靠这些来生火煮“糜”。可见处境之艰难，征行之痛苦。见到这样的画面，见证军旅的艰苦，“我东曰归，我心西悲。”此刻便更能体会，征人思归的心情。

战争不止，征役不息，像这样的征旅不知道还要进行多少次，不知道还有多少征人要忍受背井离乡之苦，只有早日结束战争，只有早日实现统一，才能让征役停息，让征人归家。正因为明白这些，曹操的队伍在这样艰辛的环境下，依然忍饥挨饿一直前进，我想不是因为“迷惑失故路”，而是因为早就没有回头路可走了，有的只是排除万难实现统一的目标。

诗中没有曹操作为军事统帅应有的豪言壮语，只有通过平淡语气，述说此次苦寒的征旅，呈现给我们一幅风雪交加的征旅、食宿无依的画面。亲身经历，对长期行征的征人、所受的苦难表示同情，长叹思乡更是推己及人，深入体现征人内心世界。一代枭雄想到这些，绝不会自怨自艾，而是有化悲愤为力量之感，化同情为坚毅，决心要实现统一，结束征旅的豪情。

诗以“艰哉何巍巍”，羊肠的坂道，“车轮为之摧”，车轮在这样的山路上受到毁坏开篇，展现了艰难的征途之路，突出一个“艰”字。“树木何萧瑟，北风声正悲”两句通过征途所见，奠定全诗萧瑟悲凉的基调，使征途笼罩在一片凄哀险恶的环境之中。“熊罴对我蹲，虎豹夹路啼。溪谷少人民，雪落何霏霏！”则是为了进一步渲染凄哀险恶的环境，恐怖战栗的熊吼虎啸、漫天的大雪，荒无人烟，罕有人迹的溪谷等物象感叹行军的艰难。通过这一系列艰难征途环境的描写，为后文“思欲一东归”的念想做铺垫说明，“迷惑失故路，薄暮无宿栖。行行日已远，人马同时饥。担囊行取薪，斧冰持作糜。”这些则是从环境描写深入到征人暮无所栖，人马困顿饥饿，以及用斧取冰煮食真实具体的征旅艰苦生活，这些也是“思欲一东归”的原因，诗人通过推己及人，开始同情常年征战渴望战争结束的战士，诗人是枭雄曹操，其心坚定，悲凉艰辛的环境，不能移其实现统一的意志。征战既然已经开始，要早些结束，唯有排除万难，尽快取得征讨的胜利，实现统一。既然能明白诗人所想，就能理解诗人此时的决心。

壮士苦寒行，悠悠使我哀。

寄情千里光

——《关山月》

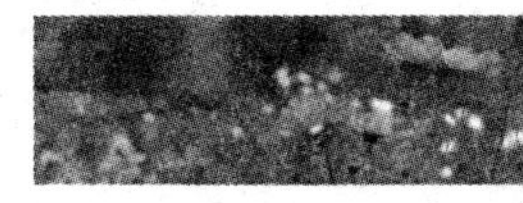

关山三五月，客子忆秦川。
思妇高楼上，当窗应未眠。
星旗映疏勒，云阵上祁连。
战气今如此，从军复几年？

徐陵

“海上生明月，天涯若比邻。”自古明月托乡思，征人在征途中望着天空的“三五”明月，柔和的月光洒在了关山之上，洒在了充满疲惫的征人脸上，月光下的面庞在月光的映衬中，更多了些许憔悴和几缕乡思。

身在他乡为异客，而今行征在外，背井离乡，做着异地他乡的过客，陌生的景，陌生的人，陌生的土地。在这样的月光下，难免让人怀念起秦川的故土和故里的亲人。

在这样的月光下，同一片苍穹之下，满腹心事的妻子肯定也没有入睡，她登上高楼，倚着窗儿，也在眺望中天寒月，思念着远在边关的亲人。正如此刻思念她的我。不知妻子是否安好，轩窗小楼是否寒冷，侍候父母是否辛苦。我好想早日归家，持尔手，与尔并肩共赏中天寒月。诗人没有直接写自己如何思念妻子，如何思念故乡，但通过一“登高”“未眠”的“思妇”，通过思妇思念征人，来体现自己的思念。

“星旗映疏勒，云阵上祁连。”“星旗”，战旗还在风中飘扬，士兵们还戎装加身，列阵穿行在祁山，透过月色，风中飘扬的旌旗显得更加刺眼，似乎到处都是，出征的士兵在这样的月色中依然要云阵疾行。可见战事之频繁，硝烟之弥漫。

看着这样的场景，不难想见，当下的战争味道有多么的浓郁，如果战争没有停息的一天，那我们这些征人什么时候才能够返回故土，与亲人相伴，结束这种征旅生活呢？“战气今如此，从军复几年？”

从军复几年？复几年呀！还要多少年？还需多少光阴？还需要等待多少日夜？望多少次明月？思多少遍远方的亲人？这是多么让人彷徨的一件事情呀，因为根本不知道什么时候才会结束，没有目标无止境等待，也许等到的是“十五从军征，八十始得归。道逢乡里人：家中有阿谁？遥看是君家，松柏冢累累”。归来已暮年，亲人皆长眠。这是多么让人无法面对和接受的一件事情。从征之人，归家之心，可想而知。

开头两句点出诗题，把征人比作“客子”并以一个“忆”字逗出对秦川故土的无尽情思。接下来便写所“忆”情景。客子设想，在遥远的秦川故里，满腹心事的妻子“应未眠”，肯定还没有入眠，她登上“高楼”，“当窗”倚着窗儿，正在眺望中天寒月，思念着远在边关的亲人。画面十分的真实，表现出征人思念的殷切。接下去写边关景象，这一带地区战云密布，客子见此，不由发出叹息：“战气今如此，从军复几年？”满是怨情。一个“复”字更巧妙地将诗中的“几年”不断地放大，将怨情也不断加深。

这首诗构思巧妙。月可同望而人不可同伴，中天明月，只能“寄情千里光”一诉相思苦，边关征人和秦川思妇隔月相望，这让征人备感悲凉。诗没有描绘战场的厮杀，没有描绘艰苦的征旅生活，却活生生地将一个军旅生涯中的铮铮铁汉，思乡不归的柔弱忧思的一面，呈现在了我们的眼前，极深刻地反映了征人渴望回归秦川故里，渴望与妻子相伴之情。

月可望而人不可见，只好“寄情千里光”。征人之苦，社会征役之疾，在千里月关下尽显。

赴敌投躯

——《代出自蓟北门行》

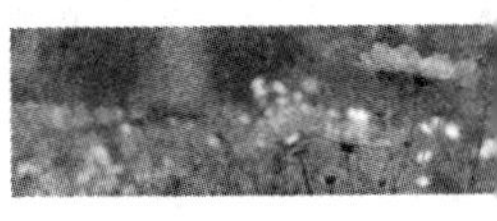

羽檄起边亭，烽火入咸阳。
征师屯广武，分兵救朔方。
严秋筋竿劲，虏阵精且强。
天子按剑怒，使者遥相望。
雁行缘石径，鱼贯度飞梁。
箫鼓流汉思，旌甲被胡霜。
疾风冲塞起，沙砾自飘扬。
马毛缩如蝟，角弓不可张。
时危见臣节，世乱识忠良。
投躯报明主，身死为国殇。

鲍照

常言道：“盛世产庸吏，乱世出英雄。”身在乱世不知是不是一种幸运，或者对于渴望战事休止的人民来说就是一场不幸。

此刻战火纷飞，局势动乱，边关方向传来了敌人入侵的紧急公文，战争的烽火虽然在边塞燃烧着，但那股浓浓的战争味道已经开始弥漫在京城。面临边境入侵的挑衅，朝廷给出了很强硬的态度，坚决予以反击。于是朝廷开始发布征兵的公文，军方开始整顿军队，浩浩荡荡的征兵队伍，将要开始前往边塞，与敌人作战。队伍屯驻在广武后，得知朔方郡城，局势紧张，需要部队派兵增援，将军便分遣精兵，出救朔方。诗开头就以“羽檄起边亭，烽火入咸阳。征师屯广武，分兵救朔方”，将一幅边关告急情况紧急的画面展现在我们的眼前：“羽檄”、“烽火” 军情的危急，“征师”“屯兵”“分兵”“救兵”准备就绪，为下文的生死之战一触即发，埋下了伏笔。

边塞现在会是怎样一种形势呢？胡、汉两军对峙，汉方军中多有受伤者，实乃胡方利用“严秋筋竿劲”，深秋弓坚矢劲，“虏阵精且强”，精兵强势，大举入犯，汉军不备所受的伤，胡方得此便利，士气高涨，更加张狂。汉方天子得知消息，见胡方竟然如此嚣张，更加震怒，“天子按剑怒，使者遥相望。”天子欲要拔剑前去杀敌，命令使者前去阵前促战，鼓舞士气，督促将士。两军使者遥遥地相望着，关注了对方的一举一动。胡焰嚣张，天子震怒的严重局势暗示一场激烈的战斗即将展开，很能唤起读者的兴趣。

征集的兵马，正在赶往边塞，汉军准备投入战斗的壮阔场面，颇有先声夺人之势。“雁行缘石径，鱼贯度飞梁。箫鼓流汉思，旌甲被胡霜。”一路前行在迂折的石径，遇到很多艰难险阻，但仍然军纪严明，如“雁行”如“鱼贯”般整齐有序。很快来到了边塞，箫鼓擂响，“流汉思”，“思”为豪情壮思，汉军的豪情壮思流入而出随着箫鼓声前进，旌甲上沾满胡地的霜露雪花，但士气却反而变得高涨。似乎知道接下来将要面临人生一场大考，上阵杀敌，给自己壮壮胆气。前两句诗用“缘石径”“度飞梁”刻画汉军跋涉辛苦，用“雁行”、“鱼贯”两个比喻纪律严明的军队。缘、度、流、被这些都突出了将士们对恶劣环境的大无畏精神。

“疾风冲塞起，沙砾自飘扬。马毛缩如蝟，角弓不可张。”边塞的恶劣，远超士兵的想象，疾风冲塞而起，沙砾满天飘扬。战马瑟缩，不能奔驰，劲弓冻结，难以开张。在这样的恶劣环境下行动都显得十分地不易，战斗又是该如何的艰难？真难想象常年驻守在这样风沙中的士兵，是如何渡过这些艰苦的边塞生活。此刻国家面临着外强的侵略，“时危见臣节，世乱识忠良。投躯报明主，身死为国殇。”这种危难动乱之时，往往才能辨忠节之士，识忠良之臣。大有患难见真情的道义，他们必须在紧急关头付出最大牺牲，不经历一些考验，往往无法看清一个人的真正面目。这两联口口流传，几乎成了封建时代衡量忠良行为的准则，也成为了不少忠良之人安慰和鼓舞的力量。他们相信危难之时，便能证明自己的忠良之能，终会被看见，终能报效祖国的。

顺着诗歌的阅读，开篇展现的画面也越来越丰富，故事也越来越生动，它由边亭告警，烽火入咸阳，征骑屯武，分兵救朔，加强防卫，到虏阵精强，天子按剑，使者促战。汉军“缘石径”“度飞梁”的壮伟场面，刮着冲塞的疾风，飞扬着沙砾的战地自然风光。各种征人真实的生活画面展现得越发真切，如边亭、咸阳、广武、朔方、虏阵、胡霜，包括了胡汉双方的广阔空间。画面里有交驰的羽檄，连天的烽火，咸阳城的百姓，虏阵精强，天子按剑，雁行的队列，鱼贯的军容，箫鼓的节奏，旌甲的辉光，历经艰险，踏雪而来征人壮阔的画面，以及疾风冲起，沙砾扬起，战马瑟缩，弓冻劲凝的边塞风光画面。

通过多角度的画面描绘，壮士的英雄形象是这个画面真正要塑造的。不只征骑、分兵、缘石径、度飞梁、吹箫伐鼓的严峻时刻，他们的形象也十分耀眼。热血之人，爱国之士，知“盛世产庸吏，乱世出英雄”，“国破家何在”的道理，此刻自当英勇杀敌。手持大刀，杀向敌军，报效祖国。身死也要为国殇，为国捐躯才有意义。

边关疾苦，征士辛驰，战争无情，若无战事，安贫乐道。

悲散离分

——《七哀诗》

西京乱无象，豺虎方遘患。
复弃中国去，委身适荆蛮。
亲戚对我悲，朋友相追攀。
出门无所见，白骨蔽平原。
路有饥妇人，抱子弃草间。
顾闻号泣声，挥涕独不还。
未知身死处，何能两相完？
驱马弃之去，不忍听此言。
南登霸陵岸，回首望长安。
悟彼下泉人，喟然伤心肝。

王粲

乱世流年，悲散离分，形势所迫，去国他乡，困顿所逼，弃子不还，祸乱何时休？故国何时还？饥民何时可以丰衣足食不用弃子而不还？“七哀，谓痛而哀，义而哀，感而哀，怨而哀，耳目闻见而哀，口叹而哀，鼻酸而哀。”（《文选》六臣注吕向注云）

西汉的都城长安城上空已是黑云乱翻“乱无象”。“豺虎”所指李傕、郭汜等人，他们在这里制造事端。现在的长安城已经乱得不成样子，这些都是因为李傕、郭汜等人正在作乱，他们大肆烧杀劫掠，“遘患”百姓遭殃。朝廷已经无力庇护他的子民，在这样的地方，在这样的局势下，受难的百姓如我这般，只能忍痛告别养育我的故土中原，前往“荆蛮”即指荆州。（荆州是古代楚国的地方，楚国本称为荆，周人称南方的民族为蛮，楚在南方，故称荆蛮。）“复弃中国去，委身适荆蛮。”这两句是说，离开中原地区，到荆州去。这是因为当时荆州没有战乱，相对于长安而言是个不错的安家之所。（王粲因为荆州刺史刘表，与自己是同乡，而且刘表曾就学于王粲的祖父王畅，两家有世交，所以去投靠他。）“复弃中国去”中的“复”字，可以看出，显然这已经不是诗人第一次被迫离开故国了。往事不堪回首，心酸苦楚至眉头。而今又要离中国，可见这是多么一个动荡不安的年代。这年代里的百姓又是多么的多苦多难。

“亲戚对我悲，朋友相追攀。”临行时亲戚朋友前来送行，不忍我离去，我又何尝舍得离开这些相伴的亲朋好友，一一道别之后，离了家门，出了城门，心中正因别离而感伤，驶出城门，平原之上未见有何人，见到的是累累的白骨，遮蔽了无垠的平原。李傕、郭汜等人在这里制造祸乱，给百姓造成了多大的苦难呀，才会有如此凄惨的画面，出现在眼前。一路前行，唯有马蹄声。“出门无所见，白骨蔽平原。”累累白骨是“蔽”于平原，就如同百姓受苦却少有人知，少有人在乎。

“路有饥妇人，抱子弃草间。顾闻号泣声，挥涕独不还。”路遇一妇人，面带饥色，坐在路边，轻轻地将襁褓中的孩子放在了细草中间，婴儿脱离了母亲的怀抱，开始啼哭，转身离开的母亲，听到婴儿的啼哭，忍不住回头看，但终究洒泪独自离开，不理解饥妇为什么如此狠心地抛下婴儿，上前制止询问，通过这“饥妇”抛弃婴儿的表情和动作“顾闻”“挥涕”的准确描写，都能让我们深刻体会妇人对婴儿的不舍之情。“未知身死处，何能两相完？”饥妇带着啼哭声如此说道，“我自己还不知道死在何处，谁能叫我们母子双双保全？”也许妇人把最后的希望寄托在了路过的好心人身上，希望有好心人能够可怜这孩子，收养他，给他一些食物，这也许是饥妇唯一能寄托的希望了。儿皆父母心头肉，虎毒尚且不食子，母弃子，不归还，兵荒马乱，哀鸿遍野之景不难想见。

不等她说完，我赶紧策马离去，妇人弃子的惨景，使人耳不忍闻，目不忍睹，自己也是一个去国他乡之人，无能为力，徒有伤悲，又有何用。一路前行，南登霸陵高处，回首眺望长安，感慨万千，如果有汉文帝这样的贤明君主在世，长安就会不如此混乱、残破，百姓不至于颠沛流离，自己也不至于流亡他乡。“悟彼下泉人，喟然伤心肝。”原来只有经历过这样动乱不安，方能真正体悟前人思念明王贤君的急切心情，不由得伤心、叹息起来。

诗以描述诗人眼见为线索，见豺虎祸害下动乱的西京，见离别时友人追攀的离别，见城门路上空无一人，见平原遮蔽下的白骨，见一饥妇弃子不还的过程，南登霸陵岸，回首所见的长安。通过诗人的亲眼所见，亲身经历后的亲身体验，表达了思念圣贤君主的急切心情，希望乱世能治、百姓能安的忧国爱国情怀。

贤明的君王，总是能造福百姓，免于战争，保一方安定，而不会出现这样流离、动乱、白骨匿于原、饥妇弃其子等凄惨画面。可以想见战乱给人民带来的深重灾难。

怨旷无所诉

——《燕歌行》

秋风萧瑟天气凉，草木摇落露为霜，群燕辞归鹄南翔。
念君客游思断肠，慊慊思归恋故乡，何为淹留寄他方？
贱妾茕茕守空房，忧来思君不敢忘，不觉泪下沾衣裳。
援琴鸣弦发清商，短歌微吟不能长。
明月皎皎照我床，星汉西流夜未央。
牵牛织女遥相望，尔独何辜限河梁。

曹丕

战事何时休，家人何时还，空闺独自守，明月寒如霜。

“秋风萧瑟天气凉，草木摇落露为霜，群燕辞归鹄南翔。”开头三句展现在我们面前的是一片深秋的肃杀情景，又是一年萧瑟季，萧瑟的秋风吹枯了绿叶，吹黄了绿草，吹冻了晨露，微凉的空气，弥漫着些许凄楚之意，街上零星的路人，凋零的树木，枯黄的小草，显得空荡，看着天空中南飞的大雁，这样的秋天，给人的是一种空旷、寂寞、衰落的感受。这种深秋的肃杀的景象带给人们空旷、寂寞、衰落的心情，为下文女主人公的出场奠定了感情基调，女主人公的内心之情和此景传达而出的是如此一致。在这样的背景下阅读女主人公的内心，显得清晰。“秋风起兮白云飞，草木黄落兮雁南归。兰有秀兮菊有芳，怀佳人兮不能忘。”（汉武帝的《秋风辞》）；“悲哉，秋之为气也！萧瑟兮，草木摇落而变衰。憭栗兮，若在远行，登高临水兮，送将归。”（宋玉《九辨》）与这些借写秋景以抒离别与怀远之情有异曲同工之效。

妇人看这样的景，心中不由思念起还身在异地的夫君。已经忘记这是第几个君不在身边的秋天了，君离家已经这样久了，每每思念起夫君在异地他乡独自一人的时候，思念之情，让人柔肠寸断。

“慊慊思归恋故乡，何为淹留寄他方？”“慊慊”，失意不平的样子。“慊慊思归恋故乡”是女主人公在想象着丈夫在月色下思念故乡的情景。你不是不念家的人，也不是薄情寡义之人，虽然不在身边，但是我可以想象得出你每天那种伤心失意的思念故乡的情景，那份思念定让人恨不得能张翅而归，可是你迟迟未归留寄他方，“何为淹留寄他方?”（淹留：久留）究竟是什么原因使你这样长久地留在外面而不回来呢?这里面包含了女主人公殷切希望夫君能够早日归来的怨恨，以及为夫君“淹留”的焦急和疑惑。是因为战事紧急?是因为你生病了?受伤了?是因为修筑繁忙?还是……那简直更不能想了。无人可诉，无人可询，唯有独自猜测，心思更加沉重!

妇人每日“茕茕”（孤单，孤独寂寞的样子）独守空房，整天以思夫为事，常常泪落沾衣。空闺独自守表现了她生活上的孤苦无依和精神上的寂寞无聊，因为没人和她一起分享生活中的喜怒哀思，思君不敢忘，“不敢”（谦虚客气的说法，实指不能、不会）表现了妇人对她丈夫的无限忠诚与热爱。她的生活尽管这样凄凉孤苦，但是她除了想念丈夫，除了盼望着他的早日回归外，别无任何要求。“不觉泪下沾衣裳。”妇人就这样想着想着，不自觉泪下沾湿衣裳，不知是触动了相思情，还是撩动了孤寂意，触到伤心处，泪才忍不住。

妇人就这样伤心凄苦地怀念远人，在思君的日子里，在这秋月秋风的夜晚中，愁怀难释，她时而临风浩叹，时而抚琴低吟，她取过瑶琴想弹一支清商曲，以遥寄自己难以言表的衷情，但是“短歌微吟不能长”，口中吟出的都是急促哀怨的短调，总也唱不成一曲柔曼动听的长歌，因为那时早已涕不成声，就这样不知过了多久。月光透过帘栊照在她空荡荡的床上，她抬头仰望碧空，见银河已经西转，她这时才知道夜已经很深了。空荡的卧室唯有寒冷的月光，这样的漫漫长夜该如何度过。“夜未央”，漫长的夜晚才刚刚开始，夜还未结束。从这里面不难看出，每个夜晚对于妇人都是一种煎熬，在思念夫君，独守空闺，抚琴低吟中，思念早已溃不成军，可是漫长的夜晚才刚刚开始，远没有结束。战争和征役要是无穷无尽，又要有多少人如妇人般备受离别之苦，战争和征役给妇女带来了无尽的苦难，就如同这漫漫黑夜，还长得很，还看不到尽头。这是一种不满，这是一种哀怨。企盼着夜眠，天亮，君归来。

沉沉的夜空下，妇人抬头仰望，望见了牛郎和织女星，在夜空总遥望闪烁着，是什么让这对相爱的人分隔天际两端，只能遥远地望着，却不能在一起，是怎样的一种力量让他们无法抗衡，无法改变，改变自己的命运。星空之下的妇人，饱受离别的酸楚，觉得这样的人生十分痛苦，却无力改变，“尔独何辜限河梁。”你们又有什么错误呢？要硬生生地被拆开被限制在河、梁。百姓又有什么错呢，又为什么要被分开呢？这些都能看出妇人对此的不满，甚至有反抗的影子存在。呼吁千千万万被征役或战争分开的男女做出反抗。

诗歌的开头便是，通过环境描写，将一幅秋色图展示在了我们眼前：萧瑟秋风吹拂，吹拂着零落的草木，白露为霜，南飞候鸟。这萧条的景色牵出思妇的怀人之情，映照出她内心的寂寞；这样画面中豁然出现的妇人，除了寂寞还有怎样的内心情绪呢？诗人接下来就与我们一起去解析妇人内心活动，先写到“思归恋故乡”的丈夫，妇人根本见不到丈夫，与其说写丈夫望月，不如说此时妇人望月，说丈夫恋故乡，不如说妇人念及夫君在世的日子，希望他早日归故土。继而设想他为何“淹留寄他方”，迟迟不归，此时心里多少有些不安与担忧。然后写到自己“忧来思君不敢忘”，苦闷极了，想借琴歌排遣，却又“短歌微吟不能长”，只好望月兴叹了。就这样将妇人的内心情绪通过妇人做的几件事，娓娓道来，几经掩抑往复，但女子内心不绝如缕的柔情却怎么也掩饰不住。最后“明月皎皎照我床，星汉西流夜未央。牵牛织女摇相望，尔独何辜限河梁。”几句就以清冷的月色来照射出深闺妇人的寂寞，以牵牛星与织女星的“限河梁”来表现思妇的哀怨，我们随着诗人，见了此景，体会了此中心情。

曹丕文武双全，八岁能提笔为文，善骑射，好击剑，博览古今经传，通晓诸子百家学说。220 年正月，曹操逝世，曹丕继任丞相、魏王。之后曹丕受禅登基，以魏代汉。（《三国志》）这样一人却能写出这么真实细腻的思妇之歌，可见其对百姓生活十分关心，也足见当时征役拆散了百姓，拆散家庭受苦之情比较严重。

如若没有战事，就不会有征役，没有征役就不会有离散，没有离散就没有哀怨。夫君何时归？战事何时休？

丧乱百姓生活

——《蒿里行》

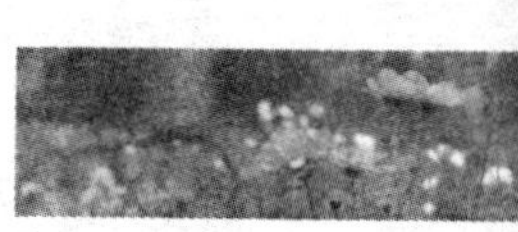

关东有义士，兴兵讨群凶。
初期会盟津，乃心在咸阳。
军合力不齐，踌躇而雁行。
势利使人争，嗣还自相戕。
淮南弟称号，刻玺于北方。
铠甲生虮虱，万姓以死亡。
白骨露于野，千里无鸡鸣。
生民百遗一，念之断人肠。

曹操

董卓于灵帝末年的十常侍之乱时受大将军何进之召率军进京，旋即掌控朝中大权。其为人残忍嗜杀，倒行逆施，鲍信就对董卓军事势力的膨胀有较清醒的觉察和认识，他曾对袁绍说："董卓拥有强兵，素有野心，如果现在不想办法除掉他，今后必将受其牵制。如今董卓军队人员混杂，军心不稳，组织不严，正可趁早除掉。"后来袁绍等人以匡扶汉室之名，开始起兵讨董卓。袁绍、曹操等关东诸将起兵，初期会盟津，乃心在咸阳，是说义士们起初希望结成联盟，心向着汉室，即通过讨伐这一举动来平定叛乱，拥护汉室。为了这样一个名义而组成的大义之师。势大兵强的渤海太守袁绍为盟主，准备兴兵讨伐焚宫、毁庙、挟持献帝、迁都长安、荒淫无耻、祸国殃民的董卓，吊民伐罪，一心一意地除奸诛恶，忠于国事，匡扶汉室。"关东有义士，兴兵讨群凶。初期会盟津，乃心在咸阳。"这也就是诗开篇便铺开的历史画卷上所讲述的创作背景，知道背景之后，我们就好跟随诗人一起去见证这段群雄讨贼的历史故事。

"兴兵讨群凶"这正义之事，却怎想到袁绍袁术"二袁"借讨董卓为幌子，行争霸称孤之实。致使"军合力不齐""势利使人争"最后变成了"嗣还自相戕"。因为军力不和，前进讨伐的步履变得踌躇，各方将领为了保存各自的实力，都不愿意真正作战，战斗必然有损伤，损伤过重将可能被其他方兼并。互有提防，大义面前还不忘争名夺利。鲍信因为怕孙坚抢头功，暗中令其弟鲍忠出战。结果鲍忠为华雄所杀。讨伐董卓时，袁术负责押送粮草。因妒才而不发给孙坚粮草，使得孙坚被华雄击败。“淮南弟称号，刻玺于北方”，袁术本欲自立为帝；而袁绍也阴谋废掉汉献帝，立刘虞为帝；他们搞分裂、谋私利，造成的结果是：“军合力不齐，踌躇而雁行。势利使人争，嗣还自相戕。”貌合神离、互相观望，畏缩不前、按兵不动甚至是自相残杀。

诗人通过简短的十句话，便将这样的历史画卷呈现在了我们的面前：关东各郡的将领听讨贼的号召，集结在一起，后经过将领商议，大家公认推选了势大兵强的渤海太守袁绍为盟主，准备兴兵讨伐焚烧宫殿、毁坏宗庙、挟持献帝、迁都长安、荒淫无耻、祸国殃民的逆贼董卓，匡扶汉室。云集的大军却没有齐心协力，互相观望，裹足不前，到后来甚至各怀鬼胎，为了争夺霸权，图谋私利，谁都不愿冲锋牺牲在最前面，为了邀功竟至互相残杀起来。袁绍兄弟更是狼子野心，打算借此讨董卓匡扶汉室之名行争霸天下之实，“淮南弟称号，刻玺于北方。”称帝、铸印刻玺。随着这样的自私行径揭露，征讨大军就离分解体。极凝练的语言就将关东之师从聚合到离散的过程原原本本地记叙而出，让我们见到了真实的历史记录。不可不赞叹诗人语言的凝练，记录完这样一段历史后，诗人并没有急于给这段历史作出评定，而是笔墨直转，从军阀纷争转到战争给征人百姓带来的灾难，“铠甲生虮虱，万姓以死亡。白骨露于野，千里无鸡鸣。生民百遗一，念之断人肠。”这些都是诗人描写战争带给人民的灾难，不管各方诸侯如何争斗，受苦的永远都是那些百姓和身先士卒的战士，由于连年战争，将士的铠甲基本上没有离过身，更没有时间进行清洗，身上长出了虱子，撕咬着他们，让他们苦不堪言；战乱的年代，无田可种，无家可归，百姓流离，大量死亡，或是冻死，或是饿死，或是被无情地杀死，荒野上白骨累累，无人为其建坟，无人为其立碑，人命如草芥。千里之内都听不到鸡鸣之声，也就意味着千里之内没有人家，或者千里之内已无牲畜。“生民百遗一，念之断人肠”，在这样的战乱之中一百个老百姓当中只不过剩下一个还活着，面对着这荒凉、凄惨、惨绝人寰的景象，“念之断人肠”。

通过冷冰冰的事实，赤裸裸地揭露军阀祸国殃民的社会真实景象，诗人亲自经历过这次征讨，对军阀的祸害有深刻的了解，所以诗中还含有诗人对人民百姓的无限同情。忧国能否实现统一，忧民能否早日结束军旅的艰苦生活，诗人的忧国之心，就在眼前出现的一幅幅画面中，传达给了故事外的读者。

士兵们不能解甲归田，人民死亡惨重，“民百遗一”，看着原本富饶的北方，变得满目疮痍，哀鸿遍野。到处是白骨累累，千里之内听不到鸡鸣之声，这样惨绝人寰的画面，揭露着百姓疾苦，只盼着战乱能够早日结束，只有这样百姓才能摆脱水深火热的生活。

贼臣祸国

——《薤露行》

惟汉廿二世，所任诚不良。

沐猴而冠带，知小而谋强。

犹豫不敢断，因狩执君王。

白虹为贯日，己亦先受殃。

贼臣持国柄，杀主灭宇京。

荡覆帝基业，宗庙以燔丧。

播越西迁移，号泣而且行。

瞻彼洛城郭，微子为哀伤。

曹操

“薤露”，薤上之露水，“薤露”两字意为人之生命脆弱，如薤上之露水，太阳一晒，极易蒸发，“播越西迁移，号泣而且行。”受苦的终是黎民百姓。

《薤露行》讲述着这样一个故事：汉灵帝逝世后，太子刘辩即位，因刘辩年幼，灵帝的母后何太后临时代理朝政，张让、段珪等宠臣宦官伺机把持朝政，拉帮结派，排除异己，朝野人心惶惶。何太后之兄、大将军何进等几位大臣，一起谋划诛杀这些宦官，密召凉州军阀董卓进京，借其铲除这些宦官，收回权柄。董卓未到，因为消息走漏，诛杀的计策被宦官得知，遂何进被宦官张让等所杀，何进死后定没有想到，自己引来的却是一位更加有野心残忍的董卓，即便张让被诛，但朝政还是把持到了贼臣之手，自己间接把百姓的生活推至水深火热之境，如其在地下所知，定长恨不安。

何进被杀之后，何进方势力杀入朝中，张让遁走时劫持了少帝刘辩和陈留王朝小平津而奔逃，后正好被率兵进京的董卓遇到，将少帝和陈留王救下。在这次进军京城后董卓借着手握重兵，窃取国家大权，干预朝政，依个人意愿，废少帝为弘农王，不久又将其杀死，立陈留王刘协为帝，即为汉献帝。胆敢有反抗者，尽皆被诛，罪大恶极。于是以袁绍为首的十八路兵马一起讨伐董卓，董卓知局势不利后，放火烧毁了京城之都洛阳，挟持献帝西迁于长安。迁徙途中，百姓尾随，流离失所，民不聊生。

汉朝从汉高祖刘邦到汉灵帝刘宏已经传位二十二帝，汉灵帝时期被任用的大将军何进却不是贤能之人。“所任诚不良”“诚”字可看出诗人对汉灵帝所任之臣的不推举。接下来曹操就给我们表述了他的看法。

“沐猴而冠带，知小而谋强。犹豫不敢断，因狩执君王。白虹为贯日，己亦先受殃。”这些都是描写诗人对汉王所任的贤臣何进的看法，在曹操的眼里，大将军何进不过就如同一个只懂得“冠带”穿衣戴帽的“沐猴”猕猴，是个徒具形貌的人就像猕猴戴帽穿衣，便以为自己是人，硬充人样装作人样，其实只是徒有其表，并不算得上一个真正的人。“知小”，智小、见识小，而“谋强”图谋大事，此乃不自知，其并没有相应的辅国匡扶社稷的才能。这让人觉得其行为有自不量力之感，最终导致死亡，死后还身败名裂。“犹豫不敢断”“敢”说明了其不仅无知，还无勇，处世犹豫不决，缺乏勇气，如妇人般优柔寡断，虽欲铲除宦官，反而误国殃民，“因狩执君王”因为“知小”“犹豫”致使少帝被张让劫持。这些都是曹操对何进的看法，何进为去除宦官计划请董卓进京协助诛杀，因为他错误无知的决定，致使后来发生的种种事情让百姓苦不堪言，应是有罪之人。“白虹为贯日”即指董卓进京，即便是在董卓进京之前，何进已经被宦官集团杀害，早已经是不知悲喜存在，诗人又如何怪责，只有随风的感叹。

收回对“汉帝所用不良”的感慨，诗人通过简单的语言生动地记录下了董卓进京后，在京城所酿成的惨状历史画卷。董卓进京后并没有按何进所想的那样，辅助少帝，铲除宦官，而是“贼臣持国柄，杀主灭宇京”。废少帝为弘农王，不久又将其杀死。立陈留王刘协为帝，即为汉献帝。董卓乘着混乱之际操持国家大权，自封为太尉，续进为相国，残忍嗜杀，倒行逆施，直接导致关东各州郡的兵马响应袁绍的号召，十八路兵马一起前来讨伐董卓，社会陷入了军阀混战的局面，“杀主灭宇京”随之逼宫杀帝，焚烧洛阳。“荡覆帝基业，宗庙以燔丧。”汉朝四百年的基业由此倾覆，帝王的宗庙也在烈火中焚毁。

社会乱，乱则不安，不安则百姓受苦，“播越西迁移，号泣而且行。”献帝被迫弃洛阳而西迁长安，长途跋涉，被裹胁一同迁徙的百姓哭声不止，一片凄惨景象。举国迁移，劳民伤财，背井离乡，举步维艰，君王遭难，百姓受殃。“瞻彼洛城郭，微子为哀伤。”镜头从西迁的百姓转移到静止的洛阳城，从号泣而行的喧闹动态画面切换而来，动静的对比，让动的更动，号泣之声更悲凉，让静止的废墟更显荒芜，曹操看着焚烧过后的洛阳城废墟，以及废墟中的惨状，如同当年商汤被灭之时，商纣王的庶兄微子经过殷墟，见到宫室败坏，杂草丛生，便写下了一首名为《麦秀》的诗以表示自己的感慨与对前朝的叹惋。这些败坏的宫室，这些断壁残垣，曾记录着几代帝王的生活，见证了几代帝王的辉煌。就此不复存焉。此时想必诗人曹操如微子一般，对汉室的覆灭，感到悲伤和叹息。

洛阳城，多少人曾生于斯，长于斯，多少亲朋生活于斯，如今帝王败退，迁徙国都，百姓受殃，好比一群服役之人，被裹胁而迁移。然非所愿，无可选择。忽然想起一句诗，“兴，百姓苦；亡，百姓苦。”

诗分层鲜明，先写何进“诚不良”是无知无勇无远见之辈，后可以说是通过写董卓入京后各种残忍叛逆的行径，进一步举证何进“诚不良”的观点，但这里诗人已经将对何进的个人看法晋升到了忧国忧民的层面，最后更是通过西迁中号泣的百姓和烧毁的古都废墟，直接抒发了对汉室拂面的悲伤和感叹之情。

生命如薤露般脆弱，太阳一出来就蒸发在兵荒马乱的年代里。

行军寒，歌咏志

——《步出夏门行·冬十月》

孟冬十月，北风徘徊，天气肃清，繁霜霏霏。鹍鸡晨鸣，鸿雁南飞，鸷鸟潜藏，熊罴窟栖。钱镈停置，农收积场。逆旅整设，以通贾商。幸甚至哉！歌以咏志。

曹操

孟冬十月，这里的“孟冬”是指冬季的第一个月，即农历十月。可以理解成初冬十月，北风呼呼地吹着，曹操的远征部队，在“北风徘徊，天气肃清，繁霜霏霏”这样的风雪中前进着。视野所见的树木，颓秃得只剩干枯的树枝，透露着冬日苍白的肃杀之情，视野所见皆为茫茫寒霜，又厚又重的霜雪，覆盖着前行的道路，覆盖了沿路两旁的山石，厚厚的寒霜落到了远征队伍中征人身上，他们的衣裳上已经落满了厚厚的霜雪，并未去清扫，只是继续前行。“徘徊”是寒冷北风的徘徊，是一阵阵严寒在征夫身边不断徘徊，寒意去而复返，一直徘徊，不肯散去。“肃清”的是天气，是行路环境的肃清，是不见人影的肃清，肃清让人感到安静，安静则感到孤单和沉默，征人就这样沉默地行走着，孤单着。“霏霏”的是繁霜，然而让人感到绝望的也是霏霏，连绵不绝，覆盖在这片天地的是繁霜，覆盖在征人身上的也是繁霜，霏霏让征人视野所见都是茫茫白雪，白茫茫的世界，让人容易迷茫。

“鹍鸡晨鸣，鸿雁南飞”，野外前行，即使在寒冷的冬天，也能听见鹍鸡的晨鸣，它们在自己的天地里面显得如此的自由，而远行的征人有些却非自己的意愿。南飞的鸿雁，正在结队前往温暖的南方避寒过冬，而远征的人现在却在这冰天雪地里面前行，根本没有选择躲避严寒的自由。“鸷鸟潜藏，熊罴窟栖。”在这样寒冷的天气里面，猛禽也都藏身匿迹起来，就连熊也都入洞安眠了。猛禽再如何凶猛，终是禽兽，在人类面前，在一群军人面前，在一群饥饿的军人面前，除了隐匿，不去招惹，还能做什么。熊冬眠乃是本能，如人困需要睡觉，那人困顿是否也是一种可以被理解的本能，可是征人只能随着队伍继续前行。在这样的雪中行走，四野透露着一份安宁。

“钱镈停置，农收积场。逆旅整设，以通贾商。”“钱”、“镈”，两种农具名，这里泛指农具。“逆旅”，客店。有农具有客店的地方，说明就有人烟，征人在征途中见到了远处有村庄。看着村庄里面炊烟袅袅升，农民的农具都已经闲置在一边了，收获的庄稼堆满谷场，想必这个秋天，庄稼收成颇丰，让谷仓丰盈。村民见到远征的部队，也没有太多的避让与躲闪，生活依旧，仿佛已经习惯了他们的存在，于是并不再害怕。旅店正在整理布置，以供来往的客商住宿。在这里人民过着安居乐业的生活。对于征人来说，这边也是一片难得暂作休憩的乐土，暂时忘记饥行山野，昼夜疾行。让疲惫的身心在这里暂时地休息，看着人民这样安居乐业的生活，远征的士兵会不会想到远方的家乡和家乡的亲人，怀念那没有硝烟的年代，男耕女织，儿女绕膝，衣丰而食足，安居而乐业，想此刻在这里生活的人一样。“幸甚至哉！歌以咏志。”曹操在远征途中能见到这样的人民安居乐业的生活景象；幸甚至哉，歌咏何志？早日实现国家统一，结束战争，让天下的百姓都过上这样安居乐业的生活，想必这就是当时曹操歌咏的志。

诗通过北征路上所处的恶劣行军环境的描写，到最后所见山村里面一片安逸的农居生活，这种强有力的对比，言志，渴望早日实现统一，天下太平，百姓安居。

筑城无归期

——《饮马长城窟》

饮马长城窟，水寒伤马骨。往谓长城吏，慎莫稽留太原卒！官作自有程，举筑谐汝声！男儿宁当格斗死，何能怫郁筑长城。长城何连连，连连三千里。边城多健少，内舍多寡妇。作书与内舍，便嫁莫留住。善待新姑嫜，时时念我故夫子！报书往边地，君今出语一何鄙？身在祸难中，何为稽留他家子？生男慎莫举，生女哺用脯。君独不见长城下，死人骸骨相撑拄。结发行事君，慊慊心意关。明知边地苦，贱妾何能久自全？

陈琳

边地水寒伤马骨，由此一句便可知边境处的天气十分的恶劣，在这样恶劣的环境役卒还在服役，修筑长城。长城何其长，如此修筑，不知道要到何年才能完成，官吏们答应的服役期满就能让我们回去，是不是真的，役卒担心像听人说的那样，服役期满还要被稽留在这里，继续修筑长城，“往谓”便前去找到了监管修筑的官吏，对其说：“到了服役期满，无论如何请千万不要滞留以免延误我们太原役卒的归期！”“慎莫稽留太原卒！”“慎莫”一可见役卒对官吏言行和允诺的不信任，透露了役卒的不安，二可见役卒早已思归心切。“稽留”便是滞留，不让役卒离开之意。

监管修筑的官吏，只是说：“官府的事自有程序安排，举起手中的夯和着号子，不要啰唆，赶紧去干活！”“官作自有程，举筑谐汝声！”“自有”没有肯定的答复，只有敷衍的应付，面对这样的一派官腔废话，“程”程序安排，就命令役卒赶快工作，这是压迫者惯用的敷衍伎俩，以及丑恶的嘴脸的表现。役卒听此，愤愤地回敬了一句：“男儿宁愿在战场厮杀格斗中死去，怎么也不能窝在这里，遥遥无期地服役，修筑长城。”“宁当”“何能”从这里可以看出役卒的决心。望着这“长城何连连，连连三千里”，想着一派官腔的回话，要是监管修筑的官吏稽留，役卒又怎能离开，按这样修筑下去，役卒何时才能修完这连连千里的长城？这不就等于服役将没有尽头，那还谈何归去？

边城，不仅寒冷，而且边城之中“健少”和“寡妇”也多，因为大部分的男子都被征役去修这条永远无法竣工的长城，稽留不归，所以剩下的只有“健少”和“寡妇”。这些好像就是边城的标志，也是这战乱频繁，统治压迫强烈年代里的标志。役卒问完监管修筑的官吏，得到如此敷衍的回答后，又想到边城的情景，心念如果不归，家中妻子如何，岂不是也要如这些“寡妇”般，不忍见到妻子过着这般生活，便征求监管的官吏，让自己能给家里面写一封家书，“便嫁莫留住”没有前因后果，开头一句便是让自己的妻子找个人嫁了，不要再等他了，这是一种多么痛的领悟，彼此都应该知道这场服役，将会没有归期。接下来第二句便是嘱咐她要“善待新姑嫜”好好侍奉新的公婆，希望她能得到新的家人的认可，早日融入新的家庭生活，最后还恳求她能“时时念我故夫子”常常念起往日作为她丈夫的自己。役卒自己大概都觉得这样的请求有些不妥，既然希望妻子能够早日融入新的生活，还要她时常想念自己，但依然没有忍住恳求了对方，因为自己十分想念妻子，希望她过得好但不希望她忘记自己。要做出这样的决定是多么的艰难，在写这封家书的时候心里又是需要经历多大的挣扎，可见役卒对妻子深情，也体现了此时役卒对归期无日、必死边地的绝望。

诗并未写妻子看到这封家书，从兴奋到悲落的情景，而是直接写到“报书往边地”妻子收到这封信后便往边地回书，直接询问夫君今日为何出言如此粗俗无理？便无他言。在其眼里，丈夫说的那些都是粗俗之言，毫无道理，当然就不必听从。这里面明显透露出了妻子对其无理之言的隐隐埋怨之情。役卒回信解释道，身在这样的服役中，归期无日，“何为稽留他家子？”“他家子”，在他眼中，受难不能让妻子一同受难，所以妻子是“他家子”，怎么能稽留你，浪费你的宝贵时间，美好的青春，让你等我？怕自己的言辞还不够有说服力，于是便继续写道，“生男慎莫举，生女哺用脯。君独不见长城下，死人骸骨相撑拄。”你难道没有看到服役的人最终尸骨都堆弃在长城之下，服役修筑长城的人群都没能回去。用这样血淋淋的事实来告诉妻子，自己可能永远也回不去，所以要劝其改嫁。如果我回不去了，又怎么能浪费你的时间呢？这是役卒此刻的想法，这是一种多么无奈的选择呀，相爱的人却要鼓励自己的爱人嫁给别人，有种生人作死别的味道。

“自结发之日起，你就服役边地，当然会感到失望和怨恨，但是我们乃两情相悦，自当时常思念，多年如一日。如今明明知道你在边地受苦，我又岂能久于人间！”从妻子最后的回书中不难看出来，妻子早就知道夫为何说那些粗俗无理的话，知道夫为何希望自己找人家再嫁。“明知边地苦，贱妾何能久自全？”这一句话更说明妻子早已经做好和丈夫共赴黄泉的决心，但不知是为了让丈夫莫要绝望，还是宽慰自己，只将修筑长城边塞服役之事说成是一种苦难之事。言辞得体，耐人寻味。

诗开篇便描述了边塞修筑长城的艰苦环境，然后通过征役向监管修筑的官吏确认“稽留”问题写起，从这里便体现征役者渴望回家的迫切心情，又揭露了官吏行事多为敷衍百姓。接下来就通过役卒与妻子相互的书信，由“便嫁莫留住”莫名的开头，然后一层层地为读者解读，揭开了夫妻的情深，揭开了役卒的无奈，揭开了妻子的贤惠。最后通过“明知边地苦，贱妾何能久自全?”这就将一段感人的爱情故事呈现在了大家面前。

秦王朝驱使千万名役卒修筑万里长城，残酷而无节制，使无数民众被折磨致死，修筑长城是因为战争中守疆护土的需要，如果没有战争，就无须修筑长城，无须修筑长城便不会有“君独不见长城下，死人骸骨相撑拄”这种百姓服役的苦难存在。

战事若是休，生人何须作死别，快快归家见妻娘。

咏荆轲，传其情

——《咏荆轲》

燕丹善养士，志在报强嬴。

招集百夫良，岁暮得荆卿。

君子死知己，提剑出燕京。

素骥鸣广陌，慷慨送我行。

雄发指危冠，猛气冲长缨。

饮饯易水上，四座列群英。

渐离击悲筑，宋意唱高声。

萧萧哀风逝，淡淡寒波生。

商音更流涕，羽奏壮士惊。

心知去不归，且有后世名。

登车何时顾，飞盖入秦庭。
凌厉越万里，逶迤过千城。
图穷事自至，豪主正怔营。
惜哉剑术疏，奇功遂不成。
其人虽已没，千载有余情。

陶渊明

这些都是百里挑一的能人，商讨如何应对此事，“岁暮得荆卿”皆因养士不知何以抵秦，燕国大臣、太傅鞠武向太子丹引见，才结识荆轲。诗的头四句，从“燕丹善养士，志在报强嬴”就开始交代了“荆轲刺秦”的历史背景，介绍当时的燕国的处境，燕太子丹养士的目的“报强嬴”（报：报复、报仇之意。嬴：指代秦国），秦已破赵，俘虏赵王，即要犯燕，燕国太子丹，平日善养能人义士，秦随时都有可能兵临城下，大举进犯。现在局势严峻，太子丹招集养士就好似为了应对这样的形势，接下来诗中出场的荆轲，自然就被诗人置之秦、燕矛盾之中。“招集百夫良，岁暮得荆卿。”（百夫良，超越百人的勇士）“得荆”就概括了荆轲入燕，燕太子丹谋于太傅鞠武如何抵御秦，鞠武荐田光，田光荐荆轲，燕太子丹得识荆轲，奉为“上卿”等这些经过，“百夫良”又直接说出了荆轲的出众与勇敢是燕太子丹所养众多贤士所不及的，荆轲自然而然地就成为了燕太子丹以及燕国的希望和寄托，就这样短短的四句话将故事的背景，人物的才能，人物肩负的重任，大体都涵盖进去了。

“君子死知己，提剑出燕京。”君子为知己者死，荆轲便献计与太子丹，自愿请缨去刺杀秦王，提剑出燕京前，荆轲还做了一些准备，这些是诗中未曾提到之事，为了能够接近秦王，得到秦王的召见，他需要秦王所要击杀的秦国叛将樊於期之首级，太子丹不忍，荆轲便私下见樊於期，以利益说之，樊於期自刎献颅以及太子丹为其准备的燕督亢地图和沾了剧毒的锋利匕首。“君子死知己”想必所指并不只是荆轲一人，应该也涉及自刎献颅的樊於期。这些都是愿意为国牺牲，为知己者死的君子。“提剑出燕京。”这篇诗人也没有写到太子丹见荆轲迟迟未有动身的打算，恐其临行时心意改变，不愿前去刺杀秦王，便行催促，这件事情，其实荆轲是在等另一个人和他同行，此人住得比较远，到现在还没来，所以荆轲便想稍等片刻。太子丹此时催促，自是怕其改变初衷，不愿行动，这在荆轲看来是一种很难不让人气愤的怀疑。

事已备，荆轲准备出发，随行的白色骏马在路上嘶鸣，“素骥鸣广陌。”似乎连白马都知道此去不归，因而嘶鸣。“慷慨送我行。”燕太子丹还有养士都来为荆轲送行，“雄发指危冠，猛气冲长缨。”“雄发”“猛气”这些都有一些夸张，但能很形象地刻画出当时荆轲出城，赴死不归的那份决绝，英气凛然。

太子丹和宾客，都穿着白衣，戴着白帽，为其送行，“饮饯易水上，四座列群英。”一路相送到易水边上，在易水边上祭拜路神，摆宴为荆轲送行。四周坐着的都是燕国的英雄壮士，高渐离击筑奏乐，宋意高声歌唱，“渐离击悲筑，宋意唱高声。”荆轲和着节拍唱歌，众宾客都流着眼泪小声地哭，荆轲又上前作歌唱道：风萧萧兮，易水寒，壮士一去兮，不复还。（出自战国诗人荆轲的《易水歌》）“风悲鸣声萧萧啊，易水寒冷彻骨，壮士这一离去啊，就永远不再回来了!”两岸哀风萧萧地吹着，易水中寒波淡淡，水流湍湍。渐离、宋意的歌声本就让气氛悲伤，使人伤感欲涕。“商音更流涕，羽奏壮士惊。”荆轲此时说的壮士一去兮，不复还，更是让闻者落泪，其表现的决心也让满座的壮士震惊。荆轲当然知道此去不归，但此去乃是为解国家之危，为国捐躯者，必定会为后世之人所铭记，那又何足畏哉，便登车，驱马离别，并没有回头看一下，驱车入秦而去。诗从这篇起通过燕人在易水边上送行，荆轲驱车入秦国，就正式和荆轲在燕国的最后一段时光挥手告别了。

荆轲及其随行之人，日夜驱驰，疾行万里之遥的路程，途经上千座城池，最终抵达秦国。“凌厉”“逶迤”二词，一方面让人感受了荆轲不敢怠慢，疾行赶路，另一方面表现了前往秦国的路途迂回遥远，其中的艰辛困苦就留给大家想象。

到达秦国后，荆轲以千金为礼，赠予秦王之宠臣中庶子蒙嘉。让其将荆轲提秦国叛将樊於期之首级以及燕督亢地图的地图前来，希望面见秦王陛下。这些都是荆轲为见秦王，所采用的手段，但是诗中只字未提，秦王心喜召见于朝堂之上，荆轲献上秦国叛将樊於期之首级，消除秦王的防备之心，为接下来献图奠定了基础，秦王见首级不假，便让荆轲献上燕督亢地图，荆轲将地图在秦王面前的桌案上打开，秦王正仔细阅览那幅在眼前慢慢张开的地图，图尽时，荆轲将藏于图中的早已准备好的匕首取出，刺向了惶惧的秦王。“图穷事自至，豪主正怔营。”对于行刺秦王的描述仅仅只有这两句。“图穷事自至”是交代了荆轲与燕太子丹在地图中藏着利刃要挟、刺杀秦王的计谋，事至，表示故事的高潮随着匕首的出现而到来，面对突然的行刺，已经近前荆轲的威胁，被他的果敢给威慑了，“豪主正怔营”，秦王此时正慌张惊恐，群臣不知所以，诗到这里就结束了对荆轲刺秦故事的描述，后来的秦王绕柱躲避着荆轲的匕首，闻侍卫提醒，拔剑砍伤了荆轲，秦王最终还是躲过了这次的行刺，荆轲被秦王左右击杀等等，诗中都未有任何介绍，可见诗人倾向，爱憎分明。

“惜哉剑术疏，奇功遂不成。”绝佳的机会，可惜剑术不佳，使奇功不成。这个是诗人对荆轲此次行刺秦王壮举未成的惋惜之意。其实了解荆轲的人，不难知道，荆轲喜好读书击剑，若一心要行刺，近在咫尺，手握沾血必死的剧毒匕首，绝无理由失手，轲自知事不就，倚柱而笑，箕踞以骂曰：“事所以不成者，乃欲以生劫之，必得约契以报太子也。”（出至《战国策》）。后被秦王杀死。

“其人虽已没，千载有余情。”荆轲人虽死，但其果敢、精忠报国、舍身济世的品质和精神却是流传了千载，让世人永远无法忘记。诗咏旧史，意在抒情，诗人想要借此抒发怎样的情怀？那就要从诗人陶渊明说起，“少时壮且厉，抚剑独行游。谁言行游近，张掖至幽州。”（《拟古》之八）；“忆我少壮时，无乐自欣豫。猛志逸四海，骞翮思远翥。”（《杂诗》之五）。这些都是出自其笔，不难看出，陶渊明本就是一个豪放、侠义之人。一生都有“猛志”，疾恶如仇，有舍身济事之心。我想其咏荆轲，不仅是想让人铭记这段历史，也予以抒发生死有鸿毛泰山之别，在乱世之中，朝臣应该怀有侠骨，为国杀敌，而不是欺压百姓或者欺凌百姓。

何时返故乡

——《却东西门行》

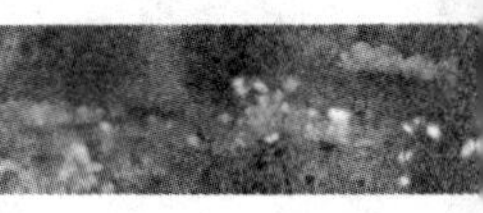

鸿雁出塞北，乃在无人乡。

举翅万里余，行止自成行。

冬节食南稻，春日复北翔。

田中有转蓬，随风远飘扬。

长与故根绝，万岁不相当。

奈何此征夫，安得驱四方！

戎马不解鞍，铠甲不离傍。

冉冉老将至，何时返故乡！

神龙藏深泉，猛兽步高冈。

狐死归首丘，故乡安可忘！

曹操

鸿雁南飞过冬觅食，乃为长久严酷环境下，生存而形成的一种生活习性。物竞天择，适者方能生存。

鸿雁喜好群居，居于塞北苦寒之地，那里是无人之乡，那些地方并没有太多的人烟，只有那群孤独的鸿雁，就如被人世遗忘的存在。“塞北”、“无人乡”这些都是描述鸿雁所在的孤寂环境和那份无人的寥落。“举翅万里余”，从遥远的塞北，不辞万里飞往南方，皆是为了食稻过冬。“行止自成行。”“行”与“止”自始至终都保持了整齐的行列。远征万里，一字成行，结行成队，途中相互帮助，南方食稻过冬，待春暖花开“复北翔”。结队一起飞回北方，相濡以沫，不轻易丢下伙伴。它们的迁徙，受节令的安排，春到就能返回。

“田中有转蓬，随风远飘扬。”蓬草乃是一种很小很轻的草，田中蓬草易随风飘荡，一阵风起，蓬草摇摆，飘荡而去，无所归止，永远也无法回归故土，回到原地。“长与故根绝，万岁不相当。”“相当”意为与故根相遇。故根依然生长在故土，蓬草却已经随风飘荡而去，就此与故根别，与故土别，“绝”，断绝，诀别之意，“万岁”指代永远，虽能活到万岁之久。蓬草飘走之后永永远远都与法无故根相遇，回不到当初的地方了。这两段诗似乎是诗人刻意为之的对比，鸿雁南飞，受节令所安排，春暖便可归，蓬草一经风吹，远离故根，就是永远的别离，万岁不可归。那何人为蓬草？

“奈何此征夫”，奈何做可怜之意解，可见征夫如蓬草般，受王令，而被“驱四方”，常年被驱使在外远征，镇守四方。“戎马不解鞍，铠甲不离傍。”战马常年追随，不解马鞍是为了随时待命，铠甲日常穿在身，休息解衣放身旁，不敢离身旁。这些都是常年战争下，紧张艰苦的战争让征夫们养成的习惯。这种后天养成的生活习性又让人不自觉地和前诗中提及的“鸿雁南飞避寒”的习性进行对比，都为趋吉避凶，于是可想见战争下的环境有多么的残酷。

“冉冉老将至，何时返故乡！”带着对家乡、对家人的思念，在军旅生活中一天天老去，征夫们却不知道什么时候才能返回故乡，通过这些对征夫艰险苦难的生活进行简要概述，让我们想到征夫的生活就如同被风吹离故根的蓬草，行万里之遥的路、等万岁漫长的光阴，却再也不能和故根相遇，回归故里。

描述了征夫之状的寥寥六句诗，却展现和囊括了征夫们军旅生活艰险苦难的画面：一为出征路途之遥，“驱四方”之苦；二为出征战场马不解鞍，甲不离身，随时准备上场杀敌之苦；三为渐渐老去的年华，渐渐衰竭的力气，还要在战场厮杀；四为故乡之思，不知何时可以还乡的茫然绝望。这几方面有痛苦层层递进的关系，开始只是体力上受苦，接下来是精神饱受压力，最后还乡的唯一的精神支柱都要破灭，艰苦的战争是让征夫们思乡之情日益加深的原因之一，思乡不得归才是导致思乡之情日益加深的关键原因。“何时返故乡？”这里面透露着茫然的绝望。这一层将征夫的深愁苦恨，都在其对军旅生活的叙述中宣泄出来。由于诗前面描写的“塞北”、“无人乡”，渲染和奠定了接下来悲凉的基调。叙述征夫军旅生活，并没有一个愁、苦之类的字眼出现，但读者却能轻易地从诗中捕捉和体会到征夫无尽的愁苦。

“神龙有深泉可藏，猛兽有高冈可步”。它们都各自有家可归，有地方可以自由地行走，这些是让远行思归的征夫所羡慕不已的。“狐死归首丘，故乡安可忘！”就如诗“鸟飞反故乡兮，狐死必首丘。”（屈原《哀郢》）像狐狸这样的动物生死都不忘故乡，不忘死于故土。那人又怎么能不思念故乡，忘记故土呢？这一层诗从征夫的生活叙述又回归到了对动物生活的描述，想必是为了和诗歌开头的描写呼应，借动物的生活习性，来展现征夫被迫害的悲惨。并不是征夫不如动物，他们也渴望趋吉避凶，他们也渴望长守故里，他们也渴望在故土自由行走，他们也渴望死后能埋葬在故里；可是现实社会就是硬生生地断绝了他们这些基本人性的自由，迫使他们从征，迫使他们年老无归。征夫只是当前社会下被迫害的一部分人的典型代表，在这样的社会，还有很多人饱受迫害之苦。

身在外，都有思乡情，士在外，埋骨故里，却是一种奢望。常年南征北伐，见士死人亡，枭雄也会不由思乡。征战何时休，征夫何时把家还，就如南飞鸿雁，春暖花开时，成队一起回乡，不丢下伙伴，不丢下征夫。

将行赴国难

——《扶风歌》

朝发广莫门，暮宿丹水山。左手弯繁弱，右手挥龙渊。顾瞻望宫阙，俯仰御飞轩。据鞍长叹息，泪下如流泉。系马长松下，发鞍高岳头。烈烈悲风起，泠泠涧水流。挥手长相谢，哽咽不能言。浮云为我结，归鸟为我旋。去家日已远，安知存与亡？慷慨穷林中，抱膝独摧藏。麋鹿游我前，猿猴戏我侧。资粮既乏尽，薇蕨安可食？揽辔命徒侣，吟啸绝岩中。君子道微矣，夫子故有穷。惟昔李骞期，寄在匈奴庭。忠信反获罪，汉武不见明。我欲竞此曲，此曲悲且长。弃置勿重陈，重陈令心伤！

刘琨

朝发而暮宿，早晨才离开洛阳都城，从北门——广莫门而出，日暮时分，便已暮宿并州境内的丹水山之中，行前，左手所持的是像古代繁弱的名弓，右手挥动着龙渊那样的宝剑，可见诗人戎装加身，已经做好赴国难，奋勇杀敌的准备了。出北门时，诗人回首仰望了都城的宫阙，因为此去不知几时归，上下将故都的宫阙看，希望能记在脑子中，然后驱马疾驰而去。诗中未现送别之情景，只有诗人独自俯仰宫阙，可见诗立意之高远，不写世间儿女情，只述爱国赴难忠臣心。诗人受命赴并州任太史，“并土饥荒……余户不满二万，寇贼纵横，道路断塞。”（据《晋书》本传载）并州之地乃受匈奴、羯等外族侵扰，受此委任，并非闲职，其凶险自不用多言。但早才发，暮已至，诗人满腔爱国热情不可挡，如此急着赴国难。

疾驰中，念起临行前所瞻望的巍峨宫阙，想起那城中曾有文友会聚，把酒吟诗的美好回忆，念起那巍峨宫阙中百姓人民安定的生活画面，不由感伤想到那些巍峨的宫阙，曾是欣荣强盛的标志，曾是生活在城中人的骄傲。此时此刻国家日益衰弱，外敌不断入侵，国已不成国，过往所有将不复。念及于此，不由感到疲惫，停下了马，心中长叹，泪水如流泉。洛阳城已经在遥远的后方，消失于视野之内，现在系马于长松下、解鞍在高山头，见不到京都，诗人备感寂寞孤独，寒冷悲风不断吹打着四野的树丛，发出恼人的声响，涧水应着猎猎秋风，发出泠泠之声。趋月夜，悲伤离京都，又将赴国难，不知是否归，国家有危难，自然哽咽不能言。“浮云为我结，归鸟为我旋。”可见诗人此时多么的悲痛，浮云为其在头顶聚集，飞鸟盘旋不肯归去。在这烈烈悲风，泠泠涧流，浮云聚顶，飞鸟盘旋的夜幕高山上，孤寂更孤，悲伤更悲，似乎万物都在助其悲。

离开家已经有很长一段时间，前路茫茫不知如何前行，此去生死难卜，即便胸怀报国热情，在这荒芜弥漫着悲伤的山林中，却也难以抒发，“抱膝独摧藏”，唯有抱膝独坐，让满心的愁虑和慷慨激昂的情绪，化作漫天思绪，在这样一种孤独中用来取暖自己的抱膝方式下，渐渐化解归于平静。

见到麋鹿在我前面游走，猿猴在我身旁嬉戏，大为羡慕它们无忧无虑的生活，行已日久，就要没有粮食充饥了，看到树林中的麋鹿和猿猴，却可以通过采摘野草山果果腹，似乎有种人不若动物之感，动物无须为国操忧，不需思考迷茫前路，自由嬉戏，不愁温饱，人粮尽，还有山草野果可以果腹。即便困顿如此，但身负重任，不敢忘，便拉住马缰绳，命令随从起程，山路难行，绝壁艰险，前路更是不归，只有在这悬崖绝壁的险径中歌唱，宽慰自己，激励大家，鼓起勇气，向前行进。心想“君子道微矣，夫子故有穷”（“微”：衰微。“夫子”：指孔子。故：一本作固）。“孔子在陈国绝了粮食，跟随的人都饿病了，子路很不高兴地见孔子说：君子也有穷得毫无办法的时候吗？孔子说：君子虽然穷，还是坚持着；若是小人，一到这时候便无所不为了。”（《论语·卫灵公》记载）。如夫子这样的人，在陈粮绝之时也曾说过君子故有穷的话，那我们此次粮草快绝，没有充饥之食，那也是正常的。不断地安慰，只能说明现今的环境不佳。恶劣的环境似乎让诗人从自慰中醒来，想起“惟昔李骞期”（李：指汉李陵。骞：与愆字通。愆期：错过期限。这里指李陵逾期未归汉朝）。“李陵于公元前 99 年（汉武帝天汉二年）率步卒五千人出征匈奴，匈奴用八万士兵围击李陵。由于敌我兵力相差悬殊，李陵战败，并投降了敌人。汉武帝因此把他全家都杀了。”（据《史记·李将军列传》记载）“忠信反获罪”（忠信：指李陵），“身虽陷败，彼观其意，且欲得其当而报于汉。”（司马迁《报任安书》）那时李陵出征匈奴过期未回来，当时想必李陵兵少粮缺，不足以抵抗匈奴大军，拼尽最后的力量才被俘，被迫投降，实乃忠信之人，如果李陵兵多粮足，又岂会被迫投降，汉武帝不予谅解，视其叛国，杀其家人。如若讨伐匈奴不见成效，区区孤忠，也不求朝廷见谅。如果这样解释，诗人那可是抱着必死之心前去任并州太史呀，但我更喜欢这样一种理解方式，李陵之所以投降，是因为国家给予的后援支持不够，兵少，粮缺，尽力而为，这就算是尽忠之士，诗人想要表达的是自己当尽所能，诗中隐隐透露着对国家现状的担忧。

诗人想要完成这篇诗曲，但此曲悲且长，“弃置勿重陈，重陈令心伤！”放在一边不要再次陈述，再次陈述会使人伤心，因为悲长，所以弃至一边，因为悲长，所以不愿重陈，这种赴死，离别，伤心悲切的情绪，总不愿再次讲述，每一次讲述都会如同又一次的亲身经历。

国家衰落，匈奴入侵，诗人虽志赴国难，却知前路迷茫，一去不归，深感悲切，战事何时休，天下何时太平呢?

邀功好战

——《从军行》

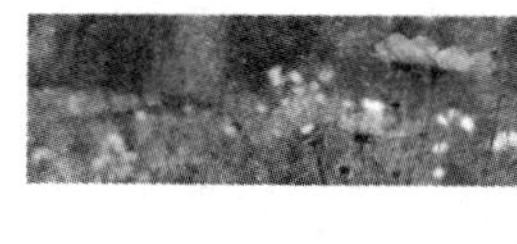

朔方烽火照甘泉，长安飞将出祁连。
犀渠玉剑良家子，白马金羁侠少年。
平明偃月屯右地，薄暮鱼丽逐左贤。
谷中石虎经衔箭，山上金人曾祭天。
天涯一去无穷已，蓟门迢递三千里。
朝见马岭黄沙合，夕望龙城阵云里。
庭中奇树已堪攀，塞外征人殊未还。
白雪初下天山外，浮云直上五原间。
关山万里不可越，谁能坐对芳菲月？
流水本自断人肠，坚冰旧来伤马骨。

边庭节物与华异，冬霰秋霜春不歇。

长风萧萧渡水来，归雁连连映天没。

从军行，军行万里出龙庭，单于渭桥今已拜，将军何处觅功名。

卢思道

“朔方烽火照甘泉，长安飞将出祁连”，“朔方”，即为北方，“甘泉”，皇宫名，即指朝廷，“飞将”即西汉著名将领李广，诗篇一开头，便渲染了强烈的战争气氛：北方烽火的消息都已经蔓延到朝廷，边境战争，势必凶险，军情紧急，令人担忧。朝廷于是派遣似“飞将”李广般的将领领兵迎敌。如果一个国家足够强大，边塞也不会频频遭侵，如果那个年代国家安定，势必也不会如此战乱频繁，虽然诗一开头便渲染了浓烈的战争气氛，但对于经历半个世纪，悉知百姓之苦的卢思道来说，却只是娓娓向我们道来，一个战乱不断、怨声载道的年代。

接下来诗中便为我们描绘了这位“长安飞将”的英姿。“犀渠玉剑良家子，白马金羁侠少年”，“犀渠”指犀皮盾，手里拿着盾和剑，戎装以待的士兵，都是普通的百姓，骑白马执金缰的都是少年侠士。为何从军者皆为良家子？为何“侠少年”可以“白马金羁”？如果按这样的思路进行赏析，从军的百姓，或是自愿或是被逼，如是被逼将去保家，那么诗人就是在这里正式开始述说战争中百姓的疾苦；但这样的解释明显和下文不接。“孝文帝十四年，匈奴大入萧关，而广以良家子从军击胡……”（据《史记·李将军列传》载）这里的孝文帝十四年，正是飞将军李广崭露头角之时，李广一个普通的百姓，去从军击胡。立功无数，从“良家子”到“侠少年”，到“飞将军”。也就是这些良家子，可能是自愿从军，期盼能像同为良家子出来的飞将军一样，立功留名。

“平明偃月屯右地，薄暮鱼丽逐左贤。谷中石虎经衔箭，山上金人曾祭天。”接下来的这两句，都可以看成是诗人通过对当时飞将领军和匈奴作战的场景，显露其智勇过人，兵法了得，这是一种骄傲，更是敬仰。“平明”和“薄暮”写出了将士们在边塞度过了数不清的日日夜夜。“偃月”“鱼丽”这些都是古代阵法名称，清晨而布阵，傍晚就能追逐厮杀左贤，可见李广士兵训练有素，阵法之奥妙，杀敌之犀利。这些山谷之中、山岭之上，都留下了李广以石为虎箭入石中，神力无穷的故事，“广出猎，见草中石，以为虎而射之，中石没镞，视之石也。因复更射之，终不能复入石矣。”（《史记·李将军列传》中记载）。汉将霍去病胜敌后，缴械敌方祭天用具的故事。这样流传百世的佳话美誉，诗人通过这两个典故进一步表现出征匈奴的将士的神威，所想说的并非只有这两名将士，而是更多被后世敬仰与崇拜的将军。正因为有了这些英勇的将士，才取得了战争的胜利。正因为有这么多流传的热血沸腾的典故，百姓和出征的将军才会热血沸腾，上场杀敌，指望杀敌立功。

自“天涯一去无穷已”开始，诗人就从飞将军的英勇故事回到了当下远征杀敌的将士的思绪，他们和妻子相隔两地，饱受相思之苦。“无穷已”（原指路途遥远，这里写出了将士们遥无归期的征战生活。）连绵的战争就像天涯海角一般没有穷尽，每一个从军之人或许都会希望成为像李广那样的英雄，原本满怀斗志，在出征经漫漫长路，到达北边的蓟门，此地与故乡相隔数千里，只能遥望家中的亲人，来传递那份不舍，表现将士更多的怀乡之情。接下来诗人就用诗歌带我们见了将士北塞的生活，“朝见马岭黄沙合，夕望龙城阵云里。”即是早晨见到马岭上扬起的黄土和泥沙，那是战士在厮杀，夜晚能望见龙城中敌人排兵布阵躲在云雾里面，似乎随时都会开战。面对着这么恶劣又紧张的气氛，塞外征人思乡之情更深，“庭中奇树已堪攀，塞外征人殊未还。”庭院中离开时种的小树苗，现在都已经枝叶繁茂，塞外的征人却还没有归来，可见征人从征时间之久。诗人并没有直接写军人从征多长时间，战争持续了多长时间，而是间接写到他们离家后，小树都已经枝繁叶茂，这样的衬托写法，写出了战争的长期和残酷。“白雪初下天山外，浮云直上五原间。”接下来这两句是表示征人行征距离之远，以及塞北的苦寒之境，从天山，到五原（五原在今内蒙古包头西北）。“关山万里不可越，谁能坐对芳菲月。”“关山月，伤离别也。”征人离家万里，隔着遥远的距离，征人想着万里之外的亲人，谁能有独自欣赏那美丽动人的月亮的心情呢？即便望月，也无心赏月。“流水本自断人肠，坚冰旧来伤马骨。”流年似水，在不停地飞逝，征人从征多年，饱受着家人分别，久居异地之苦，这些本来足以让人有断肠之痛。再加上塞外可以使战马之骨都屡屡受伤的恶劣环境，断肠之苦都不足以诉之。塞外的季节气候和内地大不相同，冬天下的雪都是雪球，秋天天空还飘着霜，就算到了春暖花开的春天，也是一样寒冷。“长风萧萧渡水来，归雁连连映天没。”塞外的北风渡水而来，南飞的鸿雁一群群结队消失在天空，其实鸿雁是生活在北边的，归雁应该是北归之雁，但塞外征人心在南方，所见南飞之雁，自然联想到归家。“萧萧”“连连”莫名地让人想到征人见到这样的情景已经不是第一次了，从侧面又能看出征夫从征已久。

“从军行，军行万里出龙庭。”这是对上面所描绘的总结，龙庭是匈奴祭祀的地方，“出龙庭”在诗中指出征之远。从军而行，来到离皇城万里之遥的塞外去征战，本就是想着从军能如飞将军李广般，从良家人做起，通过杀匈奴，驱外敌，获得战功，像李广将军一样留下英勇的故事，但如今“单于渭桥今已拜，将军何处觅功名”。想到汉宣帝渭桥见匈奴单于，决定停战交好，匈奴已投降了，将军再到哪里去建功立业呢？想必如果飞将军在世，无仗可打，也不知道去哪里获得战功声名！那我们这些人从军又有何意，征战沙场又有何意。既然无意，那就早日结束这些战争。

北朝末年是个战乱不断、怨声载道的年代，卢思道作为一个有良心的封建官僚，不方便直接嘲讽当时的朝廷，便只能通过汉时边塞的战争，和远征之人希望早归，期盼平安归来，抒发战争能够结束，更明确地说了，希望将军不要因为想“邀功”所以“好战”。不管战争能给将军带来什么，能给良家人带来什么，但那都将给普通百姓的生活造成巨大的伤害，百姓要的是和平不是战争，要的是安定不是动乱。

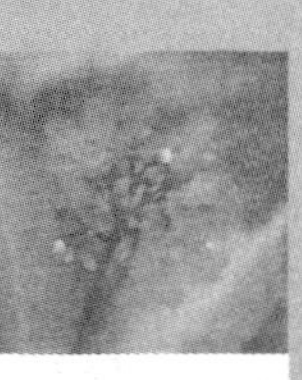

辑三

人文关怀在人间——隋唐五代

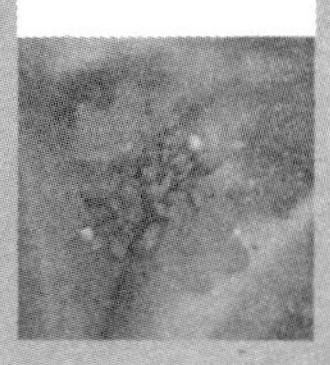

人文关怀是文化和情怀的传承延续，此间诗歌有念慷慨报国的英雄气概，有赞不畏艰苦的乐观精神，有抒念国伤感的爱国情怀，有记同情民间疾苦的人性光辉……“文章合为时而著，歌诗合为事而作”，反映社会各方面的现实生活，传唱人文情怀。

哀思成曲

——《哀江头》

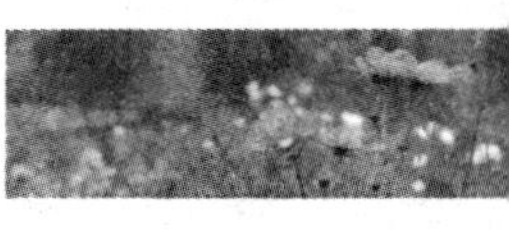

少陵野老吞声哭，春日潜行曲江曲。
江头宫殿锁千门，细柳新蒲为谁绿？
忆昔霓旌下南苑，苑中万物生颜色。
昭阳殿里第一人，同辇随君侍君侧。
辇前才人带弓箭，白马嚼啮黄金勒。
翻身向天仰射云，一笑正坠双飞翼。
明眸皓齿今何在，血污游魂归不得。
清渭东流剑阁深，去住彼此无消息。
人生有情泪沾臆，江水江花岂终极！
黄昏胡骑尘满城，欲往城南望城北。

杜甫

少陵野老饮泣潜行到江曲，“吞声哭”不敢出声哭，诗的画面中出现一位在曲江边前行的老人，而且老人在哭泣，最重要的是老人只能轻声哭泣，不敢放声哭泣。“春日潜行曲江曲。”接下来就交代了画面的时间、地点和诗人的情态。老人行走却不敢显其身，独至曲江忆江头。老人行江所见“江头宫殿锁千门，细柳新蒲为谁绿？”“千门”，表示宫殿之多，说明昔日此处的繁华。而末尾一“锁”字，便是硬生生地将过往的繁华给关上，眼前只剩萧条冷落空无一人的建筑，看到江边宫殿都已锁，江头“细柳”“新蒲”（新生的水蒲）依旧生，只是主人早已经不在了，新生的景象和荒旧紧锁的宫殿，形成了一种对比，不知为谁绿，让这些“绿”意染上了悲伤与凄凉。

“少陵野老”是杜甫的自称，祖籍长安杜陵。少陵是汉宣帝许皇后的陵墓，在杜陵附近。杜甫曾在少陵附近居住过，故自称“少陵野老”。安史之乱，潼关失守，安禄山军队逼近长安，杜甫在离开之时被安禄山军队所擒，押在长安，其间所见在安禄山占领下的京都，一片荒芜杂乱的景象，哀愁积蓄。此时乃其刚脱身，见荒芜的京都，感伤更甚，饮泣而不敢哭出声，行走在故都的街道还需要害怕被安禄山军队发现，在故里潜行，这是何其凄惨的一件事情。一路潜行，是想到曲江看一看。看到的是江边的宫殿，千门万户，都已锁上。江头依旧生长着细柳新蒲，不知为谁而绿了。看了这样荒凉败落的景象，回忆过去的繁华热闹，积蓄的哀愁，在此刻泪以湿眶。

忆起不久以前皇帝还同贵妃一起到南苑来游览，自大明宫筑复道夹城，直抵曲江芙蓉苑。玄宗和后妃公主经常通过夹城去曲江游赏。彩旗簇拥，苑中万物都因为皇帝和贵妃的到来大有光辉，争相斗艳，好生美丽，比景物更美的是车里的杨贵妃，她和皇帝同坐在一辆车里，侍候在皇帝身旁。“同辇随君”，事出《汉书·外戚传》。汉成帝游于后宫，曾想与班婕妤同辇载。班婕妤拒绝说：“观古图画，圣贤之君，皆有名臣在侧，三代末主，乃有嬖女。今欲同辇，得无近似之乎？”从这里可以看出，贤君和末君的区别，此时诗中说到的玄宗，就是这样的“乃有嬖女”的末君。御驾前护从的才人身上都带着弓箭，骑着以黄铜为勒具的白马。天子出行，威严尽显。护卫之人才，箭术皆精湛，回身仰天向云端里发射一箭，就射下了一只双飞的鸟。这些有着精湛技艺的才人不是用来维护天下的太平和国家的统一，而只是为了同辇的昭阳殿里第一人杨贵妃表演，为博得她的粲然“一笑”。这些帝王后妃们没有想到，这种放纵的生活，却正是他们亲手种下的祸乱根苗。这也表现了诗人对国家灭亡，君主不贤的感叹。

从回忆中醒来，感慨道："明眸皓齿今何在，血污游魂归不得。"明眸皓齿今不在，贵妃已经在途中缢死，"及潼关失守，从幸至马嵬，禁军大将陈玄礼密启太子，诛国忠父子。既而四军不散，玄宗遣力士宣问，对曰：'贼本尚在。'盖指贵妃也。力士复奏，帝不获已，与妃诀，遂缢死于佛室。时年三十八，瘗于驿西道侧。"（《旧唐书·杨贵妃传》）。前诗中才人仰天射下的双飞的鸟儿，是否就如同当时在安禄山军队逼近长安时，奔走的皇帝和贵妃。这一箭射下了贵妃，为杨贵妃在途中缢死埋下了伏笔。既然身死，如今只剩下那带着血污的魂魄，在这苍茫的大地上飘荡，无家可归。就如同在这次逃亡中丧命和无辜受害的百姓般，死而再也不可能复生了。

贵妃死后，玄宗入蜀。杨贵妃埋葬在渭水之滨的马嵬，唐玄宗却经由剑阁深入山路崎岖的蜀道，死生异路，彼此音容渺茫。"马嵬驿，在京兆府兴平县（今属陕西省），渭水自陇西而来，经过兴平。盖杨妃藁葬渭滨，上皇（玄宗）巡行剑阁，市区住西东，两无消息也。"（《杜少陵集详注》卷四）。之前还一同游南苑，现在已经人鬼相隔，去者如渭水之东流，往者深入剑阁，彼此都不相干了。通过诗前后的对比写出了他们逸乐无度与大祸临头的因果关系。个人觉得这里也应该是说玄宗入蜀，落难君王，已无皇权，散者众多，追随者少。

“人生有情泪沾臆，江水江花岂终极！”人因为有情，所以泪沾臆，见曲江之衰败，忆往昔之繁华，念贵妃之缢死，今君王之去往，不免要下泪；江水江花，却无情，永远如此，没有兴衰成败。时间在前进，时代在变迁，唯这江花江水，承载了曾经的历史，周而复始，向后人娓娓道来。悲怆之人，不知何往；乱世子民，不知何从；夕阳暮色，不知何归。在这“胡骑满城”的情况下，“欲往城南望城北”说明少陵野老惶恐地迷失了方向，不知何去。受苦难的长安百姓不知何去。

全诗皆围绕着“哀”字展开。开篇第一句便是“少陵野老吞声哭”，接下来皆是为野老为何而哭的诠释，春日潜行江头，睹物伤怀，并用对比，将记忆中昔日此地的繁华，与而今眼前所见的萧条零落，进行比对，透入了诗人包含在诗中的“哀”情。接下来追忆贵妃生前游曲江南苑的盛事，与而今贵妃升天，玄宗逃蜀，生离死别的悲惨情景，以昔日之乐，反衬今日生离死别之哀。最后，是诗人不辨南北，迷茫不知往何前行，将“哀”进行到底，同时也为同他一般深受乱世之苦，找不着方向的百姓感到哀伤。

壮志未酬

——《蜀相》

丞相祠堂何处寻？锦官城外柏森森。

映阶碧草自春色，隔叶黄鹂空好音。

三顾频繁天下计，两朝开济老臣心。

出师未捷身先死，长使英雄泪满襟。

杜甫

蜀相为何人，隆中诸葛亮，三国时蜀汉政治家、军事家，刘备称帝后，任蜀汉丞相，后被封为武乡侯，领益州牧。当政期间励精图治，推行屯田政策，改善与西南少数民族的关系，促进当地经济、文化发展。他曾五次出兵伐魏，意图中原，未能如愿。后病死于五丈原军中。诸葛亮死后，后人为了缅怀他的功绩，曾在他居住过的地方建造了一座武侯祠堂，以示追念。

丞相祠堂何处寻？诗开头杜甫不以“蜀相”来称呼，而是用“丞相”二字，可以看出在诗人的心中，丞相和自己同样是君王的臣民，并无国界之分，这样的称呼使人感到非常亲切。诗中的“寻”字，看出诗人此行是专门为了丞相祠而来，并不是漫不经心地信步由之；想必又因杜甫初到成都，地理方位不熟悉，无人指路，要到武侯祠，需要不断地寻找问路，所以才有一个“寻”字。从这个“寻”字中我们还能看出杜甫对诸葛亮的强烈景仰和缅怀之情，所以诗人要寻找渴望已久、瞻仰很久的武侯的丞相祠堂。也从侧面反映了丞相祠堂被人们渐渐遗忘所以才需要用“寻”，寻找失去的。如今还有多少人记得那位神机妙算，辅佐先主刘备、后主刘禅，取两川、建蜀汉，白帝托孤、辅佐刘禅，忠心报国的老臣。眼下安史之乱还没有平息，国势艰危，百姓受苦，民不聊生。如果像武侯诸葛亮这样的忠臣还在，定能挽救当下时局，救万民于水火，定国安邦。“锦官城”，是古代成都的别称。成都产蜀锦，古代曾经设有专门的官员管理，他们住在成都的少城（成都旧有大城、少城），所以又称成都为锦官城、锦城或锦里。另一种说法是因为成都地近锦江，这里山川明丽，美如绣锦，因而得名。“森森”，是形容柏树长得高大而茂密，“柏森森”三个字渲染出了一种安谧、肃穆的气氛。在此刻唯有那座古柏森森之中的武侯祠和报国无门独自前行的诗人遥相互望，怀着对诸葛亮的敬畏，诗人走向柏森森之中的武侯祠，走向那片安谧、肃穆之中。

“映阶碧草自春色，隔叶黄鹂空好音。”“映阶”，映照着台阶。古代的祠庙都有庭院和殿堂。人们要进入殿堂，要拾级而上。“好音”，悦耳的声音，形容鸟的叫声好听，这里指鸟鸣。武侯祠那里散发着自然春色的味道，台阶上的碧草，黄鹂的清鸣，春色之怡目，好音之悦耳。可碧草乃“自”春色，台阶上的碧草未经修剪自然生长，似乎很久未有人将其打扰，黄鹂“空”好音，黄鹂鸟即使歌声再动听，似乎也许久没人听其鸣唱，空为好音。可见丞相祠堂是如此凄凉寂寞，虽然盎然的春色美好诱人，也少见有人来。也是，在这混乱的年代，百姓者，或饥肠辘辘，或冻骨路边，或颠沛流离，在世间忙奔走，求生存；贤能将才者，或济世扶贫，或沙场点兵，为国为百姓，尽力所之力。唯有此刻请缨无路，报国无门的我，才有这样的闲时来到这座武侯祠。真可谓“情融乎内而深且长，景耀于外而远且大”（谢榛《四溟诗话》）！

“三顾频繁天下计，两朝开济老臣心。”“三顾”，这里指刘备三顾茅庐的典故，“先帝不以臣卑鄙，猥自枉屈，三顾臣于草庐之中。”（诸葛亮《出师表》）“频繁”，多次地烦劳，这里是说刘备与丞相频繁讨论。“天下计”，是指统一天下的谋略，指诸葛亮所制定的以荆州、益州为基地，整饬内政，东联孙权，北抗曹操，而后统一天下的策略。“两朝”，指蜀先主刘备和后主刘禅两代。“开济”，“开”指帮助刘备开创基业；“济”是指辅佐刘禅。“老臣心”，指诸葛亮一生尽忠蜀汉，辅佐不遗余力，忠贞不渝，死而后已的精神。望着祠中供奉的诸葛亮，羽扇纶巾，遥想当年先主刘备得知先生之才能，三顾茅庐去向你商讨天下统一的策略，先生出山后，一心辅佐先主和后主，收二川，排八阵，六出七擒，五丈原前，点四十九盏明灯，一心只为酬三顾。诗到这里，诗人才真正从正面抒发其对诸葛武侯的雄才大略和生平业绩的钦佩，以及对其表现出的忠贞不渝、坚毅不拔的精神品格更是敬仰。之前的环境描写等都是为此蓄势，通过不断地蓄势，然后点明，让诗意豁然明朗。

“出师未捷身先死，长使英雄泪满襟。”先主刘备白帝城托孤先生，先生许诺于先主，定将辅佐后主，收复中原。先后辅佐后主刘禅平内政，南征七擒孟获定蛮荒，六出祁山北征伐魏，蜀汉后主建兴十二年（234 年），他统率大军，后出斜谷，占据了五丈原，与司马懿隔着渭水相持了一百多天。眼看大捷的日子就要到了，最后却病故于五丈原，八月，病死在军中。“出师未捷身先死”，先生一生可谓鞠躬尽瘁，死而后已。“英雄”，这里泛指，包括诗人自己在内的追怀诸葛亮的有志之士。“泪满襟”表示千古以来具有同等爱国深情的无数志士追怀于你，为国家失去你而感到惋惜痛心。

我想迷惘中的诗人，徘徊在武侯祠，缅怀过后，对诸葛亮更加的敬佩，爱国情怀更加浓烈，写下此诗，激励自己与后世之人，应该向诸葛亮一样，鞠躬尽瘁死而后已。

愿得天子知

——《观刈麦》

田家少闲月，五月人倍忙。
夜来南风起，小麦覆陇黄。
妇姑荷箪食，童稚携壶浆。
相随饷田去，丁壮在南冈。
足蒸暑土气，背灼炎天光。
力尽不知热，但惜夏日长。
复有贫妇人，抱子在其旁。
右手秉遗穗，左臂悬敝筐。
听其相顾言，闻者为悲伤。
家田输税尽，拾此充饥肠。

今我何功德？曾不事农桑。

吏禄三百石，岁晏有余粮。

念此私自愧，尽日不能忘。

白居易

经过秋天的播种，一个冬天的苦等，终于迎来了春天这个收获果实的日子，常言“春种一粒粟，秋收万颗子”，但明显与诗五月人倍忙不符，这是秋天播种，冬天生长，春天收获的冬小麦。因此觉得应该是“秋种一粒粟，春收万颗子。”农民自然兴奋开心，婆婆、儿媳妇担着饭篮子，小孙儿提着水壶，他们是去给地里干活儿的男人们送饭的。可见男人天不亮就下地了；女人起床后先忙家务，而后做饭；小孙子跟着奶奶、妈妈一起送饭到地里。一起吃饭，一起准备迎接接下来忙碌的农活。

农家本来就没有多少闲暇的时间，皆在不停地进行着农事劳作，五月的天，更晒，人却更忙了，因为那是庄稼收成的时候，“小麦覆陇黄”，那片覆盖田垄的小麦已成熟发黄，那片金黄的麦田，是来年是否能够温饱的基本保证，那是对农民来说比天都大的事情，自然需要更加卖力，自然显得更加繁忙。如果温饱尚不能解决，何须再谈爱国、报国。

面朝黄土，背朝天，黄了脸，弯了背。这就是常年从事农耕生活的农民的真实写照。现在是炎热的五月，烈日如猛虎，晒着大地，晒着汗流浃背忙收割的农民，更重要的是那些恶毒的太阳正晒着这片金黄的麦田，正好像晒着他们的生命，所以即便“足蒸暑土气，背灼炎天光”，土地冒上来的热气多热，背上被炎热的阳光灼烧得多么疼痛，他们都默默忍受着，他们在和夏天烈日这条猛虎进行“虎口夺食”，精疲力竭，仿佛不知道天气炎热，天气如此之热，白天又如此之长，而人们却竭力苦干，就怕浪费一点时间，可见人们对即将到手的麦子的珍惜程度。

这样的一幅画面，虽然收割辛苦，但农民还是辛勤劳作，那整体画面传递出来的还是丰收农忙的喜悦。可是接下来“复有贫妇人，抱子在其旁”，在这样的画面里突然又出现了一个贫妇人，手里抱着她孩子的同时在小臂上还悬着破竹筐，蹲下来，用右手捡拾地上别人落下的麦穗。你们可以按这动作比画一下，就知道此时的贫妇人拾遗穗是多么的辛苦。其子在怀，说明其子尚幼，一边要照顾幼子，一边还要通过拾捡别人落下的麦穗充饥，这可是丰收的时节呀，家家户户都在田里忙着收割，这样丰收的季节，贫妇人处境尚且如此，不难想见平日妇人携子在路旁乞讨求生的艰难。而她们家在以前，也是有地可种、有麦可收的人家，只是后来让捐税弄得走投无路，把家产、土地都折变了，致使今天落到了这个地步。只能依靠这些别人落下的麦穗充饥肠。“闻者为悲伤”，不仅是听闻者为其遭遇感到悲伤同情，如果赋税变本加厉，也许明年，后年，现在耕作收成的我们也将无田可耕，无麦穗可割，我们也将流落到妇人这样的处境，这也是一件可悲的事情。到时候我们又该怎么办？

看着这样的画面，感受到这份悲伤，想到如今的我，吏禄三百石，到年底还有余粮，而我只是一名小小的官吏，就能享受到这样的待遇，那些官职远大于我的人，便有食之不尽的俸禄。未做农事，不下田埂，却享受着这些俸禄，“岁晏有余粮”，“念此私自愧”，我每每想到这样的画面，内心就深感惭愧，无法忘记，不知大臣天子是否也同我一样，对这样的不公，对赋税给百姓造成的不幸而感到愤懑，想要去改变它，解决它。

今日凄凉可怜的拾麦穗者是昨日辛劳忙碌的刈麦者；而今日辛劳忙碌的刈麦者明日又有可能沦落成凄凉可怜的拾麦者。而小小官吏的我只是一个旁观者，正如大臣天子。

这是一首描绘眼前现实的叙事诗歌，诗一开头，便将故事的时间背景交代了，是五月麦收的农忙季节。然后是画面中出现了妇女领着小孩往田里去，给正在割麦的青壮年送饭送水。随后是一位青壮年农民在南冈麦田低着头割麦，脚下暑气熏蒸，背上烈日烘烤，已经累得筋疲力尽还不觉得炎热，只是珍惜夏天昼长能够多干点活。写到此处，这一家农民辛苦劳碌的情景已经有力地展现出来。这些都是农民农忙时候的真实写照，诗人此时正在看着田埂间忙碌的农民，可见诗人是关心百姓生活，善于观察之人。第二部分，农忙的画面中出现一个怀里抱着孩子的贫妇人，她手里提着破篮子，在割麦者旁边拾麦。这样的画面打破了原本单纯描绘忙于丰收的劳动场面，是诗歌的一个重要转折部分。妇人为什么要来拾麦呢？通过对妇人的询问，以及妇人所诉出的原因，因为她家的田地已经“输税尽”，如今无田可种，无麦可收，只好靠拾麦充饥。这让听闻者都感到悲伤和同情，这样鲜明的两幅画面对比，诗人描绘的画面就更值得人们分析了，农忙不再只是单纯的农忙，而是通过艰苦的农忙揭示了农民的辛苦，妇人拾麦穗则是揭示了赋税的繁重。繁重的赋税既然已经使原本有家田之人，失掉田地，沦为如今的贫妇人，那就充分地说明繁重的赋税也会使这一家正在割麦的农民失掉田地。今日的拾麦者，乃是昨日的割麦者；而今日的割麦者，也可能成为明日的拾麦者。繁重的赋税不除，农民百姓的痛苦就永远无法得到解脱。最后诗人由农民生活的痛苦想到自己生活的舒适，“今我何功德？曾不事农桑。吏禄三百石，岁晏有余粮。”感到惭愧，内心里久久不能平静。这是全诗的精华所在，它是诗人经眼前所见，而心有所感，所发之感，诗人是同情劳动人民，讽刺不务农事，却不愁吃穿的官吏。

白居易他以自己切身的感受，把农民和作为朝廷官员的自己作鲜明对比，就是希望“天子”有所感悟，手法巧妙而委婉，可谓用心良苦。唯歌生民病，愿得天子知。赋税猛于虎，百姓受其苦甚也。

苦寒生活

——《卖炭翁》

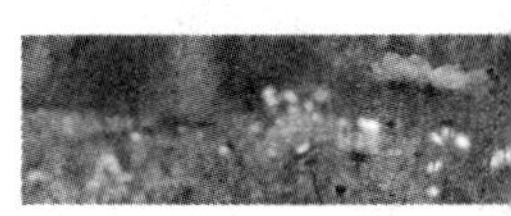

卖炭翁，伐薪烧炭南山中。

满面尘灰烟火色，两鬓苍苍十指黑。

卖炭得钱何所营？身上衣裳口中食。

可怜身上衣正单，心忧炭贱愿天寒。

夜来城外一尺雪，晓驾炭车辗冰辙。

牛困人饥日已高，市南门外泥中歇。

翩翩两骑来是谁？黄衣使者白衫儿。

手把文书口称敕，回车叱牛牵向北。

一车炭，千余斤，宫使驱将惜不得。

半匹红绡一丈绫，系向牛头充炭直。

白居易

南山有老翁，卖炭为生，此乃荒芜之地，山间常有豺狼出没。在这样的环境里披星戴月，凌霜冒雪，一斧一斧地“伐薪”，一窑一窑地“烧炭”，日复一日，好容易烧出“千余斤”，正如“谁知盘中餐，粒粒皆辛苦”。每一斤都渗透着心血，也凝聚着希望。长时间“伐薪”扬起的尘土，“烧炭”时扬起的烟灰，已满面，不知是艰辛的烧炭让老翁的两鬓斑白，还是那生活的不如意，愁白头。因炭屑，十指黑，仍“伐薪”“烧炭”，艰辛劳作，艰辛活着。

老翁为何人？为何孤身于山中？何不耕锄于田间？却以烧炭卖炭为营生？对呀，卖炭能营生吗？若非无家可归，无田可耕，无衣遮寒，无食饱腹，怎会以此营生！“卖炭得钱何所营？身上衣裳口中食。”不言明，却达意。假如这位卖炭翁还有田地，凭自种自收就不至于挨饿受冻，只利用农闲时间烧炭卖炭，用以补贴家用的话，那么他的一车炭被掠夺，就还有别的活路。

暮年老翁，单薄衣裳，斑白两鬓，孤苦艰辛，天气渐冷，衣薄却仍期盼一场大雪，让廉价的木炭，能换些银两暂解饥寒之苦。“心忧炭贱愿天寒”，实际上是期待朔风凛冽，大雪纷飞。

“夜来城外一尺雪”，这场大雪总算盼到了！也就不再“心忧炭贱”了！“天子脚下”的达官贵人、富商巨贾们为了取暖，难道还会在微不足道的炭价上斤斤计较吗？当卖炭翁“晓驾炭车辗冰辙”的时候，占据着他的全部心灵的，不是埋怨冰雪的道路多么难走，而是盘算着那“一车炭”能卖多少钱，换来多少衣和食。心中之激动，难以言喻，辛苦了那么久，终于要盼到收获的季节了，怎能不开心，怎可不激动。

牛困人饥，稍歇于市南门外泥中。远处两位得意扬扬的骑马人是谁？是皇宫内的太监和太监手下的爪牙。老翁心生不祥之感，只愿他们是路过，抑或正为保百姓安宁奔波，越来越近的马蹄声敲打着老翁的心房，直到马至身前，或许心还存有侥幸，企盼是哪家贵人大官，愿以地道的价格收购这一车木炭，这满满一车活的希望。奢望总是奢望，王庭哪知百姓苦，哪管草民生死，看着那高傲的嘴脸，宣读的那字字刺心的文书，唯怒而不敢言。

使者手里拿着诏书，嘴里说是皇帝的命令，然后拉转车头，大声呵斥着赶牛往北面拉去。“手把文书口称敕，回车叱牛牵向北。”一车炭，一千多斤，宫里的使者们硬是要赶着走，老翁舍不得它，却也没有办法。“一车炭，千余斤，宫使驱将惜不得。”宫里的使者们将半匹绡和一丈绫，朝牛头上一挂，当作炭的价格。“半匹红绡一丈绫，系向牛头充炭直。”是否应满怀感激，感激皇宫贵族对老翁的垂青，对这样吃人的父母声声称谢？

卖炭翁好不容易烧出一车炭、盼到一场雪，一路上满怀希望地盘算着卖炭得钱换衣食。然而结果呢？他却遇上了“手把文书口称敕”的“宫使”。在皇宫的使者面前，在皇帝的文书和敕令面前，跟着那“叱牛”声，卖炭翁在从“伐薪”、“烧炭”、“愿天寒”、“驾炭车”、“辗冰辙”，直到“泥中歇”的漫长过程中所盘算的一切、所希望的一切，全都化为泡影！

从“南山中”到长安城，路那么遥远，又那么难行，当卖炭翁“市南门外泥中歇”的时候，已经是“牛困人饥”；如今又“回车叱牛牵向北”，把炭送进皇宫，当然牛更困、人更饥了。那么，当卖炭翁饿着肚子、牵着困牛走回终南山的时候，又想些什么呢？他往后的日子，又怎样过活呢？

诗人以“卖炭得钱何所营，身上衣裳口中食”这两句，自问自答般的口气的诗，展现了一位在生活上仅仅能依靠卖不值钱的炭，来维持老翁几乎濒于绝境的生活，这是老翁所能有的唯一希望，这样的希望让人感到悲伤，可见卖炭翁的可怜处境！这是全诗的诗眼。其他一切描写，都集中于这个诗眼。诗篇通过灵活地运用了陪衬和反衬的表现手法。以“两鬓苍苍”突出年迈，以“满面尘灰烟火色”突出“伐薪、烧炭”的艰辛，再以荒凉险恶的南山作陪衬，老翁的命运就更激起了人们的同情。而这一切，正反衬出老翁“卖炭得钱何所营，身上衣裳口中食”希望之火的炽烈：卖炭得钱，买衣买食。老翁“衣正单”，再以夜来的“一尺雪”和路上的“冰辙”作陪衬，使人更感到老翁的“可怜”。而这一切，正反衬了老翁希望天寒炭贵，可以多换些衣和食。接下来，“牛困人饥”和“翩翩两骑”对比之下，反衬出卖炭翁（劳动者）与官吏（统治者）生活水平上的悬殊；“一车炭，千余斤”和“半匹红绡一丈绫”，反衬出“宫市”掠夺的残酷。而就全诗来说，前面表现老翁对这一车贱炭所抱有的炽烈希望，这些都是为了反衬后面希望化为泡影的可悲可痛。希望越大，希望破灭的时候，伤痛越强，越深刻。这样的反衬，极好地让人体会到老翁的悲痛欲绝，以及“宫市”的可恶至极。

乐天所述一个烧木炭的老人谋生的困苦，实乃百姓苦，宫市横于市，皆仗皇宫势。深刻反映了宫市之苦，中唐时期，宦官专权，横行无忌，连这种采购权也抓了过去，常有数十百人分布在长安东西两市及热闹街坊，以低价强购货物，甚至不给分文，还勒索“进奉”的“门户钱”及“脚价钱”。名为“宫市”，实际是一种公开的掠夺。远不止于对宫市的揭露。乐天以卖炭翁这个典型形象，概括了唐代劳动人民的辛酸和悲苦，在卖炭这一件小事上反映出了当时社会的黑暗和不平。乐天笔下的卖炭老翁不再只是卖炭老翁，透过他，还能看到有许许多多种田的、打鱼的、织布的人出现在眼前。

他们虽然不是“两鬓苍苍十指黑”，但也各自带着劳苦生活的标记；他们虽然不会因为卖炭而受到损害，但也各自在田租或赋税的重压下流着辛酸和仇恨的泪水。

与妻惜别

——《垂老别》

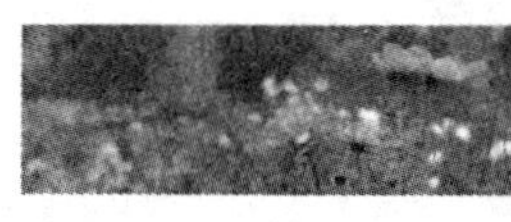

四郊未宁静，垂老不得安。

子孙阵亡尽，焉用身独完。

投杖出门去，同行为辛酸。

幸有牙齿存，所悲骨髓干。

男儿既介胄，长揖别上官。

老妻卧路啼，岁暮衣裳单。

孰知是死别，且复伤其寒。

此去必不归，还闻劝加餐。

土门壁甚坚，杏园度亦难。

势异邺城下，纵死时犹宽。

人生有离合，岂择衰盛端！
忆昔少壮日，迟回竟长叹。
万国尽征戍，烽火被冈峦。
积尸草木腥，流血川原丹！
何乡为乐土，安敢尚盘桓。
弃绝蓬室居，塌然摧肺肝。

杜甫

暮年从军，垂老死别，究竟是怎样一个兵荒马乱、烽烟四起的乱世，才需要年暮的老人从军，生离就等于垂老者的死别，从军的艰辛，战场的血腥，一别数年的从军路，对于垂老之人就等于一条通向生命终点的路。

在平定安史之乱的战争中，唐军于邺城兵败，“四郊未宁静”，到处都在打仗；兵败邺城后，为了扭转危局，急需补充兵力，于是在洛阳以西、潼关以东一带强行抓丁，连老汉、老妇也被迫服役，“垂老不得安”，老汉就是在这样一种时局下征的役，从的兵。面对这种强行的征役，老汉除了顺从，似乎没有其他的选择。“子孙阵亡尽，焉用身独完。”子孙都在战争中牺牲了，我为什么还要独留一个人活着。“子孙阵亡尽”这一句能反映出当时的社会，常年混战，才会让老人的子孙包括自己三代受罪，子孙都是在战场上牺牲的，这场战打了好久，好久，这种折磨，折磨了老人很久很久，久到想要摆脱，所以会有这种辛酸之中透露着的决绝之情。“投杖出门去”，扔掉原本用来辅助行动的拐杖，可想老汉年事真的已高，行动都早已不便，一同被征役的同行之人，先听闻老汉子孙阵亡尽，再见此景，想到今后这个孤苦的老人将去进行那征役，踏上出征的道路，不免心头一酸，为其感到辛酸。

辛酸的味道在空气中弥漫，老汉为了安慰自己，宽慰别人，说“幸有牙齿存”，我并不是很老，至少我还有牙齿存在，说明我还年轻至少没到老掉牙的年纪，能吃得了征旅中的艰苦，只是感受到扔到拐杖站立行走的吃力，这些都是宽慰别人的话，“所悲骨髓干”，老人自知骨髓行将榨干，根本无力支持自己走万里从征路。不由得悲愤难抑。“男儿既介胄，长揖别上官。”但老汉仍然是一名男子，作为一名男子汉，从军应该是光荣的事情，男儿应有豪情万丈，老汉穿上了行军的甲胄，长揖致敬告别长官，将要义无反顾地出发。

离别的时候老汉本来不愿告诉家中的老妻，就这样悄悄地离去，免得面对这种生离的痛苦，出发的路上，老妻在路边啼哭送别，似乎哭尽了身上所有的力气，又似乎是没有了老伴的搀扶，“老妻卧路啼”，卧倒在路边，啼哭声却不绝。“岁暮衣裳单”，见老妻身上穿的衣裳单薄，不免让人担心如果老汉离去，这个暮年的老人是否将更加无人照顾，更显伶仃。望着早已泪流满面的老妻，老汉终是上前搀扶，将其扶起，在风中道别。

不管是老汉还是老妻，都知道这生离等于死别，此次前去从军，一去十数年，肯定不会再有回归的一日，或老死在途中，或牺牲于战场。“且复伤其寒”，“还闻劝加餐”，生离死别面前却仅仅只是这简单的几句叮咛与嘱咐，提醒老汉到了前线不要受寒，不要忘记多吃一点东西。此时呈现在大家眼前的是否是这样一幅画面，老妻哽咽着把这些事情一字字地交代着，时有寒风撩动那单薄的衣裳。

可能老汉见到老妻，如此悲伤，不忍见，便开始劝慰妻子，同时也安慰自己，告诉妻子，这次守卫河阳，土门的防线还是很坚固的，“势异邺城下”，情况和上次邺城的溃败已有所不同，从这里可以看出这是一位关心国事的老人，“纵死时犹宽”，此去纵然一死，也还早得很哩！老人真实乐观，必死，只是迟早。人生在世，总不免有个聚散离合，哪管你是年轻还是年老！“人生有离合，岂择衰盛端！”这里似乎可以看出老汉对这种离合看得很开，但隐隐又透露着一种无奈，年轻年老，总是要分离的，要接受离别，不是我们能改变的。既然改变不了的事情，那就不要过于悲伤了。“忆昔少壮日，迟回竟长叹。”眼看就要分手了，老汉不禁又回想起年轻时候度过的那些太平日子，那些日子里，战争的硝烟不曾出现在我们的世界，离别不过数天，便能再见，没有强行征役，日出而作，日落而息，乃是太平的日子，这片生我养我的故土，乃如人间乐土。而今暮年行将踏上征途，与老妻离别，不免徘徊感叹了一阵。

想到这里，老汉可能是想到了“国破山河在”，想到了当前天下到处都是征战，烽火燃遍了山冈；草木丛中散发着积尸的恶臭，百姓的鲜血染红了广阔的山川，在这样的战乱年代，哪儿还有什么乐土？我们怎敢只想到自己，还老在那里踌躇彷徨？感情变得更加激愤，离别之意变得更加决绝，面对着侵略我们的敌人，我们不能束手待毙，即便老矣，也要为国家尽力所能及的绵薄之力，上战场杀一些侵略之敌，让他们心存害怕，不敢小觑我们，不敢再肆意侵略，换后世一些平安。在此刻老汉感觉自己变得高大了，心中充满了决然的豪情。“万国尽征戍，烽火被冈峦。积尸草木腥，流血川原丹！”这两句诗是对当时战争的频繁，战乱死伤的现状的表述，“何乡为乐土，安敢尚盘桓。”这是老翁高度的爱国觉悟的体现，“安敢”表现老翁既然为自己的“盘桓”而感到内疚，惭愧。

既然眼前的局势需要我们为国做出奉献，那我就必须要离开，离开生于斯、长于斯、老于斯的家乡。离开长期患难与共、冷暖相关的亲人，转身的那一瞬间，老汉好像五脏六腑都承受不了这一离别带来的伤感，感觉内脏都开始破裂被摧毁。老汉却仍然一步一步地走向队伍，随着队伍，一步一步地消失在这座城，消失在风中老妻的哭红的泪眼里。

此诗通过描写一老翁暮年从军与老妻惜别的悲戚场景，用最直白的方式深刻地反映了战乱中平民百姓所遭受的灾难与统治者的残酷无情。这是一首典型的叙事抒情诗，皆立足生活，能直入人心，将那个特定时代的生活，真实准确传神地呈现在了读者的面前，是一部可以当作“诗史”来阅读的诗歌。这首叙事短诗，并没有太多曲折的情节，但有细腻的心理刻画。从老翁自诉自叹，安慰别人实则自慰的独白般的语气来叙述这个故事，诗中老翁时而沉重忧愤、时而旷达自解的复杂的心理让人印象深刻，而这种起伏变化的情绪，一次次打动读者的心，一次次揭露更深的伤痛，直到最后“塌然摧肺肝”。这种有起伏的故事更耐人寻味，就如“忽而永诀，忽而相慰，忽而自奋，千曲百折，末段又推开解譬，作死心塌地语，犹云无一寸干净地，愈益悲痛”（《读杜心解》）。

如果垂老需别，再如何自慰，如何掩藏，如何慰人慰己，苦难辛酸之感却无法掩饰。

生死两不知

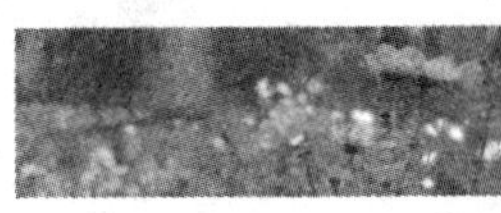

——《月夜》

今夜鄜州月，闺中只独看。

遥怜小儿女，未解忆长安。

香雾云鬟湿，清辉玉臂寒。

何时倚虚幌，双照泪痕干。

杜甫

少陵野老杜工部，得知肃宗即位于灵武，独自驱身急奔赴，途遇叛军遭俘虏，羁押长安不放归，无将处境相告知，鄜州妻子自不知。唯有望月寄相思。

知道了这样的写作背景，知道了杜甫此时被俘久困长安，无法与鄜州妻子取得联系。望着长安的月，想念着鄜州的妻子，诗篇开头并未直写“今夜长安月”，而是写“今夜鄜州月”，身在长安的诗人，此刻的心情早已乘着月色，洒到了鄜州家人所在的地方。月色照在了鄜州，照在了闺中独自望月的妻子身上，诗人见到了一位在月夜，望月思君的妇人，那是他的妻子。诗中“只”“独”不仅道出月色下妻子独望月的辛酸，更是一种无奈，妇人有夫君，妇人有儿女，但此时望月只有她一人，夫君不在旁，儿女年尚小而不知，为何抬头望明月。

“遥怜小儿女，未解忆长安。”妻子独望月，小儿女“未解忆长安”，可见诗者笔下之妻子，望月乃是“忆长安”，为何“忆”长安，为何“怜”儿女。长安是他们最早的故乡所在，鄜州乃是安史之乱后，长安沦陷，被迫逃亡之地。忆长安可以想见是在回忆两人曾经一起生活的地方，以及曾经生活之地所发生关于他们两人的故事。自古思乡思人互不离。如果忆长安仅仅是忆起这些，那又何“怜”儿女？于是是否可以深入进行分析，诗人经安史之乱，长安沦陷，玄宗逃蜀，现诗人被困长安，其间见叛军肆意破坏，长安早不复原先之繁盛。诗人怜儿女尚少，不记得原先故土的繁盛，故国之强盛，不记得这片充满历史文化的故地，乃是他们生长的家乡。

忘却故土的人，是值得怜惜的，为此感到可惜。

回到诗中，回到月下望月的妻子，月夜难免有寒露，独自望月多时，云鬟湿，云鬟中散发着熟悉的味道，弥漫在了夜晚的薄雾中，于是雾变成了香雾。其实只不过是诗人想念妻子，想起其云鬟的香味，不由觉得雾也变得有了香味，“清辉玉臂寒”，月下清辉，夜月微寒，担心妻子玉臂受寒，这是由衷的怜爱与关怀，远隔万里，身处险境，却依然惦记望月的妻子是否会受寒，除了反映诗人深爱妻子，另外也不难让人想到，曾几何时诗人曾与妻子相携望月，玉臂寒时，诗人会为妻子披上衣物，为其挡寒。

“何时倚虚幌，双照泪痕干。”双照，能够在一起望月，被月光照射，一种期盼，一种团圆的期盼，诗人和妻子不用再分隔异地，独看明月，两眼泪痕，是呀，泪痕，望月愈久情愈深，望到云鬟湿，念及不知何时可归，不知前路如何，不知是否生死，当时泪如雨下，啼毕而泪痕留。待得双照时，泪痕方始干。不知道诗人还要经过多少个望月思妻，望月独忆长安，暗自落泪的夜晚，才能结束这一切，和妻子团圆，泪痕才能干。

诗题为《月夜》，诗中字字所绘之景，都从月色中照出，月下的一切，清晰地呈现在读者面前，诗第一部分先写妻子在空闺中“独看”鄜州之月而“忆长安”，而自己却在被关押之地“独看”长安之月而忆鄜州，接下来写“遥怜小儿女，未解忆长安”，这里交代了妻子为何望月，而且是“独看”的原因，“未解忆长安”，因为儿女还小，这之间含有诗人对小儿女的愧疚之情，愧疚于儿女尚小，自己就不能在身边照顾陪伴。愧疚于自己无能将长安的文化和繁华的历史保存下来，让儿女知道自己故乡曾有过辉煌。这里面是人文情怀的体现，也是诗人爱国情怀的表现。接下来“香雾云鬟湿，清辉玉臂寒”就是月夜下自己思念的妻子，隔着遥远的距离，却能描绘得这么生动，可见诗人对妻子望月的场景十分熟悉，因为以前妻子不是“独看”。这些都是为了铺垫最后“双照”的企盼。“独看”是现实，“双照”兼包回忆与希望：感伤“今夜”的“独看”，回忆往日的同看，而把并倚“虚幌”（薄帷）、对月抒愁的希望寄托于不知“何时”的未来。

安史之乱，叛军造反，失陷的是长安，受害的是百姓，多少人如杜工部这样与亲人分离，饱受思念之苦，多少人不知亲人死活，杳无音信。对月诉愁，寄月抒情，望月双照，亲人能在这离乱团聚。不可望月忆长安，而生死两不知。

穷兵黩武

——《兵车行》

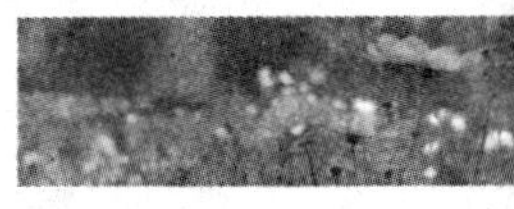

车辚辚，马萧萧，行人弓箭各在腰。爷娘妻子走相送，尘埃不见咸阳桥。牵衣顿足拦道哭，哭声直上干云霄。道傍过者问行人，行人但云点行频。或从十五北防河，便至四十西营田。去时里正与裹头，归来头白还戍边。边庭流血成海水，武皇开边意未已。君不闻汉家山东二百州，千村万落生荆杞。纵有健妇把锄犁，禾生陇亩无东西。况复秦兵耐苦战，被驱不异犬与鸡。长者虽有问，役夫敢申恨？且如今年冬，未休关西卒。县官急索租，租税从何出？信知生男恶，反是生女好。生女犹得嫁比邻，生男埋没随百草。君不见，青海头，古来白骨无人收。新鬼烦冤旧鬼哭，天阴雨湿声啾啾！

杜甫

车辚辚，马萧萧，路上行人欲断肠。穿戎装，佩弓箭，行人不知去何方。爷相送，娘泪流，与妻别时愁更愁，不知归期何许，不知前路何行。征人穿上了戎装，腰挂了弓箭，将要进行远征，浩荡的队伍行进时，“尘埃不见咸阳桥”，扬起的尘土弥漫着整个横跨渭水的咸阳桥，这样的描写虽然有些夸张，但此时却显得十分真切。爷娘妻儿，在茫茫的征人队伍中，找寻自己的征人，“牵衣”、“顿足”、“拦道哭”这一连串的并列急促的动词，生动形象地将当时的悲痛欲绝的相送画面展现得淋漓尽致：呼喊自己的亲人，扯着亲人的衣衫，或捶胸顿足悲愤难鸣，边叮咛边哭号，犹如这是死别，一去便是不归，因此哭得那么撕心，直上云霄，即使有尘土遮掩，悲切却是如此清晰。到此，我想其实很多人并不懂，征役而已，为国赴前线，即便生死，也无须如此悲切，但若了解诗作的背景，想必就能理解深刻了，那是怎样一个背景呢？“天宝十载四月，剑南节度使鲜于仲通讨南诏蛮，大败于泸南。时仲通将兵八万，……军大败，士卒死者六万人，仲通仅以身免。杨国忠掩其败状，仍叙其战功。……制大募两京及河南北兵以击南诏。人闻云南多瘴疠，未战，士卒死者什八九，莫肯应募。杨国忠遣御史分道捕人，连枷送诣军所……于是行者愁怨，父母妻子送之，所在哭声振野。”（《资治通鉴》卷二百一十六），这些征人，是被用枷锁押役而从征的。征役之人多为被迫，可见朝廷穷兵黩武政策之严重，已经到了用枷锁强压百姓去征战；这样也不难让我们想到，此次前行的征人，定是每一个家庭中的顶梁之柱，主要的劳动之力，这当然让前来送别的爷娘妻儿，悲怆欲绝。爷娘没了儿子，妻子没了丈夫，儿子没了父亲，这等于变相夺走了他们的性命。

“道傍过者问行人，行人但云点行频。”见到这样悲恸的情形，诗人这个“过者”便好奇问行人，行人只是但云点行频。诗中的“但”字，有种让人欲言又止的感觉，理解为行人只敢说，那便又能让读者体会到行人，有怒不敢言，有苦不敢诉。最后只能归结在“点行频”这短短的三个字之上。接下来诗人讲述了一个十五从军，归来白头，却还在戍边之人的故事，这个故事或是此时路边的行人告诉他其所听到的，或就是行人亲身经历，这故事作为论据，增强“点行频”真实性，新兵不断，而老兵不还，足见战事不休，征兵不止。“去时里正与裹头，归来头白还戍边。”更能充分反映这件事实，古代裹头，代表男子成丁，这里的征人还需要里正帮其裹头，可见年龄尚小。接下来的一句，归来时却已经白头，行役何其久，而且归来，并不是真正的回归故里，而是从前线战场到戍边驻守。要不战死沙场，要不老死边关，反正离家之时便已不归。“边庭流血成海水，武皇开边意未已。”战争带来了多少死伤？开疆拓土，已让“流血成海水”。血流成河都不足以形容这些大战所造成的伤害了。这里的武皇，当然就是指当时的唐玄宗。诗人在当时既然敢指责统治阶级最高的权力者，这是诗人见到百姓因战而血流成河，君却“开边意未已”，从而心底迸发出来的激烈抗议，充分表达了诗人怒不可遏的悲愤之情。

男丁都已被迫从征，那家中农田自然是无人打理，千村万落自然是荆草丛生，可是君当“不闻”，唐王你怎么能不知道，或者你怎么能当作没听到这样的事情，怨愤之意明显。那些被征役的村落，即便留下来的妇女多么能干，田间里作物还是生长得不好。这是一种假设，却也是真真切切，让人无法辩驳。“秦人耐苦寒”，征讨的敌人吃苦耐寒，征人即便归来也是需要很长时间。秦居山西，山西之外皆为山东，武皇为汉王，秦汉之争，便是战事，秦人便是讨伐敌人。诗歌从流血成海的边庭转移到荆杞横生千村万落，从一个行人的遭遇，联想到一个国家当前的现状，虽为联想，但合情合理。

接下来的长者问役夫，诗人从对国家的担忧中回到了当下，继续听役夫讲述，役夫面对“长者”提出的疑问，“敢申恨”，申恨还是需要勇气，要有十足的勇气，役夫们才敢讲出自己心中的愤恨。这可见当时社会对底层士卒的压迫何其之深。役夫说：“就拿今年冬天时，关西的战事未止，士卒不归。而县官却急着索要租税，朝廷又忙着征兵，不让士兵回乡，田地都没有人劳作，无收成，去哪里给县官交租税?”百姓在这样双重压迫的夹缝中艰难地生存着，在重男轻女的封建时代，既然发出了生男不若生女的感叹，女儿可以嫁给邻居，至少还能偶尔见面，男子却征役，不知会死在什么地方。这说明百姓在这样战乱频繁的年代，心灵已经受到了极大的摧残，男子都要战死在沙场。君不闻，君不见，一切只有百姓念，露野白骨，无人认收，新鬼苦烦，旧鬼哭冤，这样的社会，这样的人生，阴云重重，阴雨绵绵，不可见晴。

《兵车行》乃是杜诗名篇，它通过诗人所见，简单叙事，而揭露了唐玄宗长期以来的穷兵黩武，无视血流成河，只为开疆拓土，从而导致连年征战不休，国不安，民不安，连年征战，“点行频”给人民造成了巨大的灾难，诗人同情疾苦百姓，对统治者这种行为怒不可遏。诗篇内容描写字里行间都是情。首先是寓情于叙事之中，不管是“车辚辚，马萧萧”还是“牵衣顿足拦道哭，哭声直上干云霄”，人哭马嘶、尘烟滚滚的喧嚣气氛，亲人相送“牵衣”、“顿足”、“拦道哭”哭声上云霄的气氛，诗人通过亲眼所见之景所流露的悲伤之情描写，让我们犹如身临其境，感受那份被征役而去和送行人悲痛万分之情。接下来听他人所述“或从十五北防河，便至四十西营田。去时里正与裹头，归来头白还戍边”中透露出来的辛酸之意，可见诗人从诗一开篇就直抒浓郁深沉的思想感情。诗人那种焦虑不安、忧心如焚的形象也仿佛展现在读者面前。原本参差错落的景象，随着诗歌的继续描写，眼前的画面渐渐舒张开来，变化开合，井然有序。急促短迫，扣人心弦，“行人”那种压抑不住的愤怒哀怨的激情，欲要洋溢而出，“边庭流血成海水，武皇开边意未已。君不闻汉家山东二百州，千村万落生荆杞。”到这里是感情的第一次井喷了，让人仿佛见到画面外的诗人正在当面指着当朝帝皇对百姓苦难“不见”“不闻”，没有冗长，却不断提示，惊醒读者，气愤中有诗人满腔的豪情呀。诗人从眼前所见的情景，不禁联想到更多的受难百姓。发出痛斥之后，诗人又回到了现实，询问行人，验证自己的想法。“长者虽有问，役夫敢申恨?”接下来诗人又给我们描绘了一番“今年冬” 役夫所受之苦，不仅征役不断，不得归而且还要被逼迫交赋税。接下来又是一高潮的迭起，通过役夫的心声，“信知生男恶，反是生女好。生女犹得嫁比邻，生男埋没随百草。”这是役夫对自己命运的总结，也是对当今社会里面男子命运的凄惨直言，在那种封建男尊女卑的社会，能够发出如此大彻大悟之感的人，必定饱受大艰大难。诗最后好像是借役夫之口述说出来的穷兵黩武，百姓受苦受难。百姓之苦应由百姓诉说，更显真实，强烈。

诗歌语言方面，采用了通俗口语，如“爷娘妻子”、“牵衣顿足拦道哭”、“被驱不异犬与鸡”等，清新自然，明白如话，让人能够轻易读懂。

穷兵黩武，终使百姓受苦。连年征战，才使国家动乱。

借者莫弹指

——《借车》

借车载家具，家具少于车。

借者莫弹指，贫穷何足嗟。

百年徒役走，万事尽随花。

孟郊

谁无困难时，邻里乡亲最是亲，患难此时见真情，但是世态太炎凉，莫有同情贫穷者，肯出手来送温情。

孟郊所述大概就是这样的人情冷暖之事，借车载物，这可以让我们有很多的联想，古代车马并不大，可见孟郊家具并不多，载家具时却需要向人借车？可见孟郊并无家丁随从可以差使，无法主仆一起完成搬运家具之事；孟郊朋友少，邻里关系处理不佳，无人愿意帮他一起搬迁这些为数不多的家具。借车而不是租车，可见当时孟郊贫困至极，无钱可以租车，无人可以帮其搬家具，于是只能自己向别人借车来载家具。

诗人这边特地交代了一下家具少于车，一是反映自己贫困，二有可能是诗人对借车者央求借车时所说，告诉车主，我家家具很少，车借我不会弄坏，而且很快就能搬完，就会将车子还给你。

对于孟郊这种央求，车主似乎并没有孟郊想象中那么热情爽快地拍手答应这件事，将车子借给他，让这件美好的事情温暖他贫寒的心。有车的人听闻有人向其借车，都手指弹动，上下打量，看孟郊贫穷，衣着寒酸，不肯相借。“莫”一词可以看出诗人是多次遭受到这种待遇，借车时受尽了这样的冷眼，贫穷又有什么大不了呢，贫穷为什么要受尽这样的冷眼相待，贫穷何时能够得到满足呢？穷人提出来的要求都是得不到满足的。即便只是举手之劳，别人都不愿意出手帮助。

这让诗人感到悲伤，甚至痛苦，祖宗百年前流传下来的基本道德，助人为乐的精神无论怎样说，这些都已付诸东流，很多事都随花飘散。这也是诗人对当下道德沦丧的一种无奈的惋惜。

叙事抒情，是这首诗的表现手法，画面一开始就交代了接下来的事情，“借车载家具”，这就是诗人接下来需要做的事情。这本来是一件平常之事，并没有什么好叙述，但“借者莫弹指，贫穷何足嗟”。就这样一句简单的借者的神情描绘，以及诗人对“贫穷”发出的感叹。这就从简单的叙事中抒情，表现了诗人感叹那个时代下的人文关怀的缺失。“百年徒役走，万事尽随花。”“百年”表时间，流传下来的人文关怀，助人为乐的精神，随时间流逝而消逝，百年的时间社会不但没有进步反而变得冷漠，这是一种退步，是一种对时间的浪费，对传承的懈怠。万事随花，花谢花开，诗人感到自身的无力，无力改变人民百姓的想法，无法改变当下社会的漠然，于是只有让万事随花，自由发展。

寒者如蛾

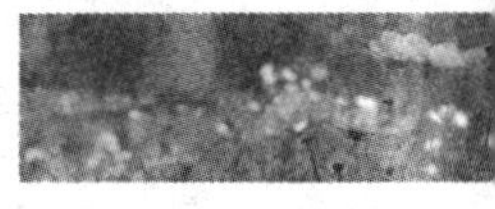

——《寒地百姓吟》

无火炙地眠，半夜皆立号。

冷箭何处来，棘针风骚骚。

霜吹破四壁，苦痛不可逃。

高堂搥钟饮，到晓闻烹炮。

寒者愿为蛾，烧死彼华膏。

华膏隔仙罗，虚绕千万遭。

到头落地死，踏地为游遨。

游遨者是谁？君子为郁陶！

孟郊

“朱门酒肉臭，路有冻死骨。”（杜甫《自京赴奉先咏怀五百字》），寒地百姓吟，闻者皆伤心。穷富相比拼，闻者更寒心。

天寒地冻时，百姓本应该睡在用火炙烤过的地上入眠，可是诗一开篇便提及，当下百姓睡在“无火炙”之地。这里存在两个耐人寻味的地方，火乃人类文明的标志，是人们基本生活必不可少之物，就是这样基本的火，对此刻在寒冷之夜席地而睡的百姓却显得奢望。今夜无火炙地，大冷寒天，席地怎能安睡？说到这里，大家是否想过，为什么一定要席地而眠？睡觉不应该都是在床榻之上的吗？买不起柴火的百姓又怎能有床瞌睡？有家可归呢？诗起篇便将我们带到了一处苦寒之地，深刻体会百姓之苦。寒风瑟瑟，地气湿湿，饥肠辘辘，辗转难眠，终是半夜起而“立号”，此夜注定无眠。“半夜皆立号”中的“皆”一词，是否让我们看到了很多难眠的百姓，在寒风中瑟瑟发抖，这不是一个人的难眠之夜，而是一群受苦百姓的难眠之夜。

人，在饥寒交迫无所救济之时，会自我安慰地选择进入梦乡，希望忘记暂时的饥饿与寒冷，这是他们能想到和能去实现的唯一方法。可是今夜连这种唯一的方法都被打断了，立号后便是要面对漫漫长夜。希望破灭的夜会显得特别冷，吹刮进破旧房屋的风，都像一支支冷箭和棘针透过薄薄的布衫，扎在身上。“冷箭何处来，棘针风骚骚。”冷箭、棘针：喻指刺骨的寒风。棘：有刺草木的通称。骚骚：风声。“霜吹破四壁，苦痛不可逃。”霜吹：从破壁吹进来的冷风。在一阵阵寒冷的刺痛中，欣赏着从四壁破落进来的霜花。一朵朵霜花能够飘进的屋室，到底是有多么的破旧，四壁而来的寒箭，如针刺骨，其中的百姓，苦痛却无处可逃，因为即便破旧，也好过外面漫漫霜雪，无片瓦可遮的寒冷世界。

破旧屋室中忍饥挨饿的人无法入眠，等待不知能否到来的明天。而同样的夜，富人在高堂之上，钟鼓奏乐，大摆筵席，饮酒作乐。裘袍加身，篝火熏天，浑然不知天寒为何物。烹煮的美味佳肴，散发出来的香味，“到晓闻烹炮”，到天亮还能让人闻到，富人的生活竟是如此奢华。在这样强烈的对比之下，百姓之苦更甚。

“寒者愿为蛾，烧死彼华膏。”寒者愿如飞蛾扑火，用生命去换取那份短暂的温暖，不在沉默中爆发，就在沉默中死去，如果选择继续忍饥挨饿，或许明天将会冻死路边，与其这样，还不如起而反抗，为夺取那短暂的温暖，给自己苦寒的人生一个说法。但华膏有仙罗阻隔了飞蛾，如果说华膏是百姓崛起的宝贵反抗意识，那层层仙罗便可能是无数等级的镇压，以及根深蒂固的阶级思想，天命之说。眼下，一把把寒风冷箭正不断地刺痛身体，既然本能向华膏而去，冲破拿到仙罗，一次次地刺痛，一遍遍地和思想斗争，一遍遍地试图冲破枷锁，在华膏之外“虚绕千万遭”。

“到头落地死”，是飞蛾扑火而死，还是彷徨饥寒而死？想必“虚绕千万遭”终始未能得华膏，最终在富人家门外徘徊多时，倒地而死，就这样结束了他的生命，并没有人知道他的生死，没有人知道他死前是祈祷，还是挣扎？尸体还被从富人家门里饮酒酣醉，飘飘然而出之人，踩踏而过，而不为所知，不为所动。

这是一首赤裸裸揭露中唐时代残酷现实的作品，像这样揭露如此深刻的诗歌作品并不多见。诗从头至尾，通过人物自身行动进行人物形象的刻画，与人物所处的环境结合在一起，向我们娓娓道来中唐时代残酷的现实。诗中采用了很多十分贴切的比喻，如将“冷箭”、“棘针”用来比喻寒风，用扑火的“飞蛾”来比喻受寒走投无路的寒者；也采用了夸张的手法，如“到晓闻烹炮”，“虚绕千万遭”，“踏地为游遨”。全诗运用最明显的是对比的手法，诗前半部分描写受寒的贫穷百姓的辗转难眠的夜。接下来写到的是在同样的夜晚之下，“高堂搥钟饮，到晓闻烹炮。”“高堂”：高大的堂屋，指富贵人家。“搥钟饮”：古代富贵人家饮宴时要鸣钟奏乐。富贵人家夜宴时鸣钟奏乐，直至天明，烹调美味佳肴的香气还久久不散，四处可闻灯红酒绿的奢淫生活，通过强烈对比，揭露贫富的对立，贫者之苦，富者之奢，这是一个贫富悬殊、阶级对立的封建社会活生生的表现。接下来更是通过“寒者愿为蛾，烧死彼华膏。华膏隔仙罗，虚绕千万遭”这样的比喻，将寒者和富人的矛盾凸显出来，飞蛾扑火，为寻短暂的温暖，不惜付出生命。这里寒者开始了精神上的反抗，鞭挞了富人逸乐生活的社会。诗到最后，作者才忍无可忍地出面责问：“游遨者是谁？君子为郁陶！”君子当然是诗人自指，“郁陶”：是悲愤积聚之意。这里的问题提得异常尖锐，游遨者不仅仅是参加夜宴的几个人，而是指整个统治阶级，是万恶的封建制度。“到头落地死”的也不仅仅是画面中的一个人，而是千千万万受苦的百姓。而君子能做的只有悲愤。全诗透露出的凄凉婉转，充满幽愤悲怆之情。

就像落地而死之人，并不仅仅只是一个人，而是代表底层受苦的穷人，游遨者之人不单单指喝酒作乐的富人，而是整个统治阶级和封建制度。诗人对这样的封建制度下的阶级统治现状表现出非常愤恨与不满，鼓励百姓起来反抗。

秋风破茅屋

——《茅屋为秋风所破歌》

八月秋高风怒号，卷我屋上三重茅。茅飞渡江洒江郊，高者挂罥长林梢，下者飘转沉塘坳。南村群童欺我老无力，忍能对面为盗贼。公然抱茅入竹去，唇焦口燥呼不得，归来倚杖自叹息。俄顷风定云墨色，秋天漠漠向昏黑。布衾多年冷似铁，娇儿恶卧踏里裂。床头屋漏无干处，雨脚如麻未断绝。自经丧乱少睡眠，长夜沾湿何由彻！安得广厦千万间，大庇天下寒士俱欢颜，风雨不动安如山。呜呼！何时眼前突兀见此屋，吾庐独破受冻死亦足！

杜甫

一间茅屋，一夜秋风，吹破了茅屋，却吹起诗者忧国忧民心。

安史之乱未平，结草堂，如隐士，见春雨而歌，寻春花而赏，踏春草而游，临江以诗酒自娱，这样的生活，安逸浪漫。但安史之乱未息，一场秋雨，吹破栖身茅庐，联想到战乱中还受着苦的百姓，让诗人从浪漫安逸的生活中清醒过来，面对现实，忧国忧民。

八月一场怒号的秋风，“风怒号”三字，眼前便出现了咆哮怒号的秋风，一个“怒”字，生动地赋予了秋风人性的情绪，把秋风拟人化，让接下来的“茅飞渡江洒江郊，高者挂罥长林梢，下者飘转沉塘坳”，富有更浓的感情色彩。卷走了茅屋之上用来遮风挡雨的茅草，诗人当时结的是茅庐，还是并未加固的茅草遮顶之屋，可见诗人的处境并不好，并不是达官结庐隐世，而是清寒之士清贫之屋。秋风似乎是要同他作对，怒吼而来，卷起层层茅草，秋风吹走了屋上的茅草，“茅飞渡江洒江郊”的“飞”和上面的“卷”字是一个动作的接连，秋风“卷”起的茅草后，将其吹“飞”而走，“飞”过江去，然后“洒”在“江郊”，“洒”一词看出了茅草被风吹得很分散、像雨点似的洒落。诗人望着它们在狂风中起伏，渡过了浣花溪，洒落在对岸的江边，“高者挂罥长林梢”，被风吹得比较高的，挂在了树梢之上，在烈烈秋风中做着最后的挣扎，很难弄下来；“下者飘转沉塘坳”，飞得低的，在风中飘转，最后悠悠地落在了池塘等低洼之地，被泥所污，也很难收回来。“卷”、“飞”、“渡”、“洒”、“挂罥”、“飘转”，这些生动的词语连续在一起，组成了一幅动态的画面，诗人的视线被紧紧地牵动，心弦随之拨动，通过第一部分的几句诗，能够看见一个衣衫单薄、破旧的干瘦老人拄着拐杖，立在屋外，就焦急地看着这一切，然后朝着它们飘洒的方向而去，希望能够将其捡回，修复茅屋。

“洒江郊”的茅草尚有收回的可能，当诗人接近茅草掉落之地，见到的是南村一群儿童，在对岸正准备抱着这些茅草离开。尚可收回的茅草，却被“南村群童”抱跑了！见到自己的东西正当着自己的面被盗贼般的儿童掠夺走，自然愤恨，威胁要将这些强盗抓到官府，进行处置，但他的威胁并没有起到任何作用，“群童”早已将他无力和衰老看在了眼里，做出了判断，就算要追赶，现在必定追赶不上他们，“欺我老无力”，如果诗人不是“老无力”，而是壮健有气力，自然不会受这样的欺侮。“群童”都能看出这点，所以“公然”抱着茅草而去。其实这不过是表现了诗人因“老无力”而受欺侮的愤懑心情而已，想必决不是诗人真的给“群童”加上“盗贼”的罪名，要告到官府里去办罪。抢夺和欺负老人的都是“群童”，如果不是十分困穷，也不会冒着狂风抱那些并不值钱的茅草。可见当时百姓苦难之深，官府之无能，孩子都要出来抢夺温饱之物。诗人不忍见此，但终是无能为力。

口干舌燥，呼不得，东西被抢，盗贼公然入竹林而去，面对这种强盗般的行径，光是呼叫，失去的东西是永远都收不回的，应该需要用行动去夺回被抢走的东西，但现在的诗人，已经年老，已经不再有这样的少年豪情，无力和这群盗贼作斗争了，只能眼睁睁地看着他们离去。“归来倚杖自叹息”，从怒号的秋风，到风吹屋破，茅草纷飞，最后无法收回，只能无奈地走回家中。“倚杖”，因为诗人“老无力”。“自叹息”中的“自”字，诗人遭遇如此不幸却只有自己叹息，都未引起别人的同情和帮助，可见世风的淡薄，诗人所“叹息”仅仅只是茅草被夺走，自己年老，儿童盗贼般的行径，还是联想到类似处境的无数穷人，对当下社会现状的一种无力，而感到叹息呢？只有诗人自己体会最深了。

长叹未尽，风云已变色，“俄顷风定云墨色，秋天漠漠向昏黑”，风定而云黑，大雨将至，层层的黑云在天空聚集，天色越来越暗，备感压抑，无风更加焦躁。通过诗人的大笔渲染，感受此时暗淡愁惨的氛围，以及诗人此刻暗淡愁惨的心境，似是连上天都要告诉你，不要试图反抗，将来的还是会来的，祈祷只是无用的心理安慰。看着这样的天色，倾盆大雨只是迟与早，接下来该怎么度过寒冷、湿漉的夜晚。看着屋里面那床而今仅有的被帛，用手一摸，生硬而冰冷，里面棉絮都已经被儿子踢裂了，“娇儿”为何“恶卧”，那是因为根本就睡不好。“布衾多年冷似铁，娇儿恶卧踏里裂”，没有穷困生活体验的诗人是写不出来的。为什么睡不好，茅草没有被吹走茅屋尚完整的时候，“床头屋漏无干处，雨脚如麻未断绝”，一到下雨时，屋顶便会漏水，雨渗透过茅草，一滴一滴连成一条条雨线，一条条雨线，让整个夜晚都显得湿冷。小儿可能是因为这些简单粗陋的生活条件而睡不好，但诗人显然不仅仅因为如此便长夜不眠。诗人自从经过“丧乱”，也就是安史之乱，见到了太多的受苦的百姓，见到了国家动乱不安，心忧国家，心怜百姓之苦，所以少睡眠，沾湿床头的不一定是漏雨，也可能是诗人的忧国泪呀。诗人从眼前的处境扩展到安史之乱以来的种种痛苦经历，从风雨飘摇中的茅屋扩展到战乱频繁、残破不堪的国家，从而体会到诗人忧国忧民的爱国情怀，诗人既盼雨停，又盼天亮的迫切心情，也为诗歌最后一部分蓄势和铺垫。

“安得广厦千万间，大庇天下寒士俱欢颜，风雨不动安如山。”如果你生活在一个会漏雨的茅屋，如果你的遮顶茅草，被风吹走，每个人都会希望能有“广厦”遮风避雨，在风雨中不动如山，能安稳入眠。但诗人过着这样的生活，并没有只是狭隘地希望自己过得安好，而是推己及人，想到更多的人像自己一样，无安居之所，这种奔放的激情和火热的希望，咏歌之不足，故嗟叹之，“呜呼！何时眼前突兀见此屋，吾庐独破受冻死亦足！”诗人的博大胸襟和崇高理想，至此表现得淋漓尽致。如果此时能有千万座大楼平地而起，让受寒受苦的百姓，有所栖息之地，即使自己在这茅庐中受冻而死也感到满足。

全诗可分为四段，第一段写狂风破屋的处境；第二段写面对群童抱茅的无奈；第三段写遭受夜雨的痛苦；第四段写期盼广厦，将苦难加以升华。通过前三段的叙述，杜甫在这里描写诉说了自家之苦，最后从自家之苦上升到寒士之苦，直接抒发诗人忧民之情。诗歌前面的描写都是为后文的抒情达意做铺垫，当我们读到最后的时候，就知道诗人并不是只为写自己本身痛苦的生活，而是通过描写自己的痛苦生活来让我们体会“天下寒士”也在经受这样的生活，借此来表现社会的苦难、时代的苦难。“归来倚杖自叹息”这句诗人叹息的不仅是自己，不仅是自己的生活。“自经丧乱少睡眠，长夜沾湿何由彻！”这里的长夜未眠，也不仅仅是因为漏雨寒冷而未眠。到最后“呜呼！何时眼前突兀见此屋，吾庐独破受冻死亦足”，我们就豁然明朗，知道诗人之所哀叹、所失眠、所呼喊都不仅仅是自身的问题，而是为“天下寒士”在诉说，在呐喊，足以见诗人炽热的忧国忧民的情感和迫切要求变革黑暗现实的崇高理想，这是一首积极的诗歌，值得后世学习。

青坂再败

——《悲青坂》

我军青坂在东门，天寒饮马太白窟。
黄头奚儿日向西，数骑弯弓敢驰突。
山雪河冰野萧瑟，青是烽烟白人骨。
焉得附书与我军，忍待明年莫仓卒。

杜甫

《悲青坂》是唐代诗人杜甫在长安城听到唐军与安禄山叛军之间打了两场大的战役（一场在陈陶斜，一场在青坂），唐军力所不敌惨败的消息后，所写下的作品。

设身处地想一想，诗人当时是身陷长安为囚奴，只盼在灵武新即位的肃宗，能铲除叛军，收复失地，还这身躯一个自由，这不是诗人一人的盼望，而是身陷失地备受苦难的所有百姓的期盼，肃宗似乎也并没有忘记他的子民，即位后，便派遣众将，领五万大军，分兵三路，收复两京。身陷失地，以为早被抛弃的百姓，听到这样的消息，得知吾主已经派人前来拯救百姓，百姓自然欣喜，如看见了希望，这种心情，爱国诗人杜甫当然更加强烈。百姓升起的希望，为后文听闻唐军惨败时的失望做了铺垫，所谓希望越大，失望也就越大，估计就是这样的一个道理。

中军、北军在陈陶斜与安禄山部将安守忠的部队遭遇，督军房琯是个空有理论，只会纸上谈兵的书生，并没有实战的统帅能力，只懂模仿书上的排兵布阵，采用车战，被安禄山敌军放火焚烧，安守忠又派骑兵适时冲阵，骑兵左右冲突，致使唐军人马大乱，不战而溃，死伤惨重，房琯狼狈逃回。“琯与贼对垒，欲持重以伺之，为中使（宦官）邢延恩等督战，苍黄失据，遂及于败。”（《房琯传》）百姓听到这样的消息，得知我军大败，心中升起的希望瞬间破灭，诗人杜甫，也为这第一场战败而感到悲伤，遂作诗《悲陈陶》，以表心中的悲愤之情。

《悲青坂》是在陈陶斜兵败，房琯狼狈逃回，被催促，再次兴兵与安禄山军在青坂一战，再败之后诗人再作之诗。第一次战败，百姓从希望到绝望，听到我军出兵再战，绝望又变成了希望，但是再次燃起的希望又被无情的事实所扑灭，带着这样的心情，能让我们更好地品味诗中的悲伤之情。

武功县东门外青坂的太白山上驻扎着大唐的军队，“我军青坂在东门，天寒饮马太白窟。”当时想必天寒地动，战士住寒洞，饮寒水，虽然环境艰苦，但我军仍然占有高地，并不是没有取胜的机会。黄头奚兵每日向西前进，奚是东胡的一种。有一个名为室韦的部落，以黄布裹头，故称为“黄头奚”。兵就是当时在陈陶斜战败我军的安禄山叛军，即便我军占领着高位，却无法阻挡他们前进的步伐，一方面说明了叛军的骄横，一方面说明我军将领的无能。无能到“数骑弯弓”，几名骑兵，弯弓佩剑，就“敢驰突”。为何会如此？是陈陶斜一战，让叛军士气大增？是我军还没有从战败的阴影中走出来？房琯被监军使宦官邢延恩催促反攻，而未做足准备，还是朝廷用人不当，依然派房琯这样只会纸上谈兵之人前来指挥，所造成的？抑或者说当时的唐王朝已是强弩之末，无良将？

“山雪河冰野萧瑟，青是烽烟白人骨。”“山雪”、“河冰”、“野萧瑟”，诗人仿佛见到了我军所处的环境，这些描写中，皆透露着萧瑟之意，萧瑟之中出现的士兵，岂不正在说我军士气低迷，处境堪忧。青色的是烽烟，白色的是人骨。叛军西进，战事紧急，烽烟燃起，两军交战，尸横遍野。我军大败，遍野的尸体，多为我军的士兵。陈陶与青坂，两战过后，我军死伤四万，歼敌不过数千。如果百姓知道这样的数据，大概会觉得叛军不可战胜，京都不可收复了，只得放弃“日夜更望官军至”的念头。

“焉得附书与我军，忍待明年莫仓卒。”杜甫希望写封书信给我军，“焉得”这里面有不得不、必需的意思。希望他们好好忍耐，养兵蓄锐，招募兵马，等到明年再来与叛军交战，不要像今年一样的仓促。莫仓促这是诗人对唐军的建议，要我想这是诗人自我安慰的一种方法，统兵五万，两战大败，损失四万，又有何兵力明年再战？即便兵力富足，又怎么和这些精锐的叛军相抗衡？青坂之败，诗人归结为“仓卒”。自然是想让百姓们依然存在希望，让他们觉得这次战败不过只是因为我军没有准备好，等到我军准备好了，就能击败叛军，收复两京，前来解救我们。

想象着尸横遍野的惨状，听着百姓一次次的叹息，压抑心中的悲伤，还是在诗的最后给百姓留下了一丝丝希望，在这种苦难的年代，唯一支撑百姓和诗人的就是那对美好未来的渺茫希望。

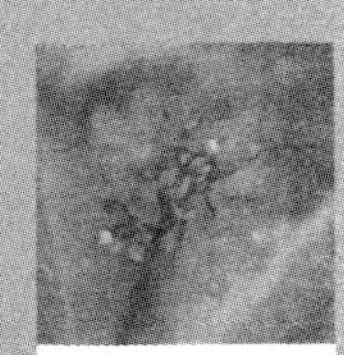

辑四

忧国忧民忧社稷——宋元明清

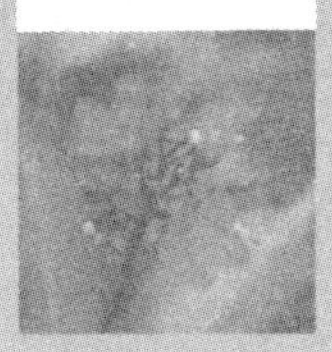

悲吟寓理于情景，忧国忧民忧社稷。和戎诏后数十年，灯红酒绿朱门中，忧国风雨飘摇中，江山社稷斜阳下，阶级民族矛盾尖，力主抗敌或起义反抗；若听百姓言，便知百姓苦，贫寒、赋税、行兵役，天灾，人祸、亡国伤。

付出如彼

——《陶者》

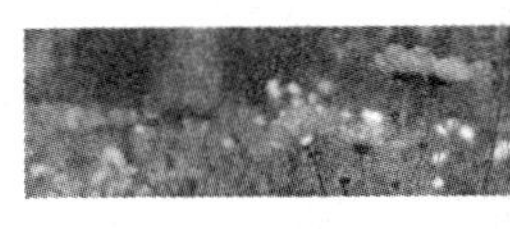

陶尽门前土，屋上无片瓦。

十指不沾泥，鳞鳞居大厦。

梅尧臣

梅公为人诚厚，为官清廉，体恤民情，能深入乡间体察民间疾苦，曾多次微服私访，与耕种的农民、烧瓦的工匠、贫困的妇人交谈，为官期间多有惠民政策，深受百姓厚爱。同时也是一名诗人，深入民间和百姓一起体验生活，方能真正了解百姓的疾苦。

陶者，烧瓦之工匠，底层百姓，靠的就是烧瓦谋生。砖瓦乃盖屋之基本材料，瓦乃檐上遮风挡雨之物。充军之人，不想当将军的士兵非好兵，烧陶之人，不想用自己烧制的瓦，给自己的屋子添砖添瓦的都不是好陶者。这其实也就是大多数陶者的理想与坚持的动力，他们的想法也就和大多数百姓希望能靠自己的劳动获得温饱般简单，但就是这简单的愿望，百姓却无法实现。

陶者掏尽了门前的土，烧制瓦片，自己的屋子上面却没有一片瓦，只有在风中随时都可能被吹走的茅草。烧瓦本不应该用自家的土，更何况是自家门前的土，但想给房子添瓦，以避风雨，那么掏自家门前的土烧瓦，也是十分无奈下的举动，但即便掏尽了门前所有土烧瓦，却依然无法拥有片瓦。为什么？陶者为什么会这样无奈以致绝望？平日烧瓦所得何去？屋前土所烧之瓦何去？“无片瓦”，虽然可以说是诗人运用了夸张的手法，但更让人觉得是如实的描述。如若陶者平日所得极微，只够勉强度日，毫无余钱购瓦。自烧之瓦，也许还需要赋税充公，何有余瓦，便“无片瓦”。

与陶者的艰苦相比，富人的幸福显得更加幸福了，不需要自家门前的泥土，甚至十指都不要沾染丝毫泥土，便可以住在都是瓦片屋顶的大房子里。他们只需要付钱买瓦片，付钱给工人装瓦片，如果他们是官员，那就更加方便，官员从来不缺乏敛财的手段。他们只需要动动嘴皮，就有众多的百姓受所迫为其驱使。陶者们要看着自己辛辛苦苦烧制的瓦片，自己房屋都装不上的瓦片，就这样送去给那些不用劳动的人建房子。试问受这种不平等待遇的穷苦百姓怎能没有满腔怨言？富人的幸福是建立在穷人的痛苦上的，这让富人更幸福，穷人更痛苦。

《陶者》是梅尧臣反映社会现实和民生疾苦的诗歌作品。诗篇通过对比，首两句将陶者“陶尽门前土”与“屋上无片瓦”的现实相对比，付出如彼，所得如此，可见人间的不公尽在不言中。接下来后两句则将富人“十指不沾泥”与“鳞鳞居大厦”对比，基本没有付出什么，得到的却是陶者一辈子都难以得到的，人间之不公可想而知。全诗通过前后两种不公平的付出生动的描写，使这两种不公平自然而然地又进行了对比，这样鲜明的对比让人赞叹不已，短短的四句诗，就道出了人世间的不公平，表达了诗人对弱者的同情。可见诗人用字简练，《陶者》含意深刻，读之发人深省。

人们都会说，没有对比就不知道好坏，没有对比就安然自在。一旦对比，差距反而会更让人刺痛。诗中虽然只提到陶者，那些农耕者、畜牧者、伐檀者想必也是这样，在这个不公的世道，受着不公的待遇。付出如彼，所得如此，此为不公。诗人揭示社会不公的同时，也表达了对弱者的同情。

女命何向

——《汝坟贫女》

汝坟贫家女，行哭音凄怆。

自言有老父，孤独无丁壮。

郡吏来何暴，官家不敢抗。

督遣勿稽留，龙钟去携杖。

勤勤嘱四邻，幸愿相依傍。

适闻闾里归，问讯疑犹强。

果然寒雨中，僵死壤河上。

弱质无以托，横尸无以葬。

生女不如男，虽存何所当。

拊膺呼苍天，生死将奈向。

梅尧臣

《诗经·周南》中，有一篇《汝坟》诗，“汝坟”，指汝河堤岸边上。诗的画面中在汝河的河堤边上出现了一位贫穷人家的女子，一边行走，一边哭泣，哭声是那么凄凉悲怆。诗人见女子独自哭泣，而且哭声如此凄怆，知道女子一定是遭遇到伤痛之事，便上前询问，希望能开导安慰她。

接下来便是女子自诉为何哭泣之由，“自言有老父，孤独无丁壮。”“自言”可见这是从女子的角度来讲述接下来发生的事情，对后文抒发控诉之情更有力。女子住在汝河附近，母亲早逝，唯老父与自己两人相依为命，自己没有兄弟姐妹，父亲是家里唯一的男丁，没有儿子而感到孤独。“孤独”是女子无兄弟姐妹，是父女两人相处孤苦伶仃，是父亲没有儿子，是唯一男丁的孤独。原本日子虽贫，但可以自给，虽孤，却父女相依。直到有天郡吏到来，打破了贫穷女子的生活。

那天郡吏策马疾驰进县，在村中说是要征兵，家凡有男丁者，男丁皆要去从军，否则将论抗命，后果十分严重，“郡吏来何暴，官家不敢抗。”“暴”是凶暴，看其凶暴的样子，县官不敢提出任何异议，更不敢对此作出任何反抗。从这里就看出“官家”是欺软怕硬之辈，根本没有办法给无权无势的百姓以庇护，县官哪能不知“三丁籍一”的规定，但为了取悦郡官，不得罪郡吏，不惹祸上身，选择了保持沉默。遇到这样的“官家”所有的苦自然都由这些平民百姓来承受了。这些是女子对郡吏和官家的控诉。此时女子回忆起了那天郡吏抓人从军的情景，他们策马挨家挨户翻找，见着男丁就抓，妻儿哭泣。自己担心的事情最后还是发生了，最终郡吏还是来到了我们家，连老父都没有放过。“督遣勿稽留，龙种去携杖。”他们督促我的父亲，不要停留，收拾一下东西马上就走，不然就前来押走，记得父亲去时，还是携带着拐杖，依靠拐杖出门。那个时候我唯一能做的就是“勤勤嘱四邻，幸愿相依傍”。“勤勤”是频频，女子此时无能为力，遇到和老父一同出征的四方邻居就嘱托他们，恳请他们在行军的路上多多照顾一下我的老父，好让我的父亲能有个做伴的人。他也知道从征后，可能连自己都顾及不上，让乡人帮忙照顾也是一种奢望，当四邻中有人同意她的请求指示，她感到十分的幸运，心里的情绪也稍微平复了一些。就这样老父拄着拐杖和县城中的成年壮丁或老年男丁，在家人的扯拉哭泣的送别声中，行役而去，消失在了视线里。

女子并未讲述父亲离开的那段时间，自己是如何度过，但我们却能自己试想一下，孤苦一人，思念远方的老父，而且还要在担心老父年迈可能不归的不安中等待。那对于一个女子来说是一种多么大的精神压力。思念和不安的等待，让女子越发憔悴。“适闻闾里归，问讯疑犹强。”“适闻”，正好听到，一日刚好听到有同乡的征人归来，便迫不及待地前去打听老父的消息，虽然心里忐忑不安，但总比每日凭空猜想好。问及老父如今情况，归人脸上露出了悲伤之色，“果然寒雨中，僵死壤河上。”“果然”，可见女子对于接下来归人的描述已经有了准备，正如猜想和害怕的那般，老父年老，需拄拐杖方能前行，征役生活，长驱苦寒之地，老父怎能受得了这样的生活，听同乡归人说，老父是寒雨中僵死在壤河之上。虽然已经有所准备，但得知唯一相伴的亲人离开，女子感到崩溃，对未来将如何生活感到迷茫，眼下老父的尸首何在？“弱质无以托，横尸无以葬。”像我这样柔弱的体质怎么拖得动老父尸体，难道要让老父的尸体横尸在外，无处给其安葬吗？面对接下来这些事情不知道如何处理的女子，再加上之前不能为父亲从军的内疚，于是有了“生女不如男”的自弃行为，觉得自己虽然存在，但是什么都做不了，十分无用。“拊膺呼苍天，生死将奈向。”于是捶胸痛哭，问苍天，像自己这样的人有活着的必要吗？是继续生活下去呢，还是死去比较直接？

这篇《汝坟贫女》，用一位女子的口吻来叙述，描述出一位位妇女的悲惨遭遇。诗人从她凄怆的哭声引入，接下来诗人听着她诉说着遭遇。诗就是以这样开篇，交代事件，交代人物。接下来从女子讲述的故事，分为三小段，第一小段由“自言有老父”，至“幸愿相依傍”，这些都是女子诉说老父被迫应征的情况。先是诉说家中孤苦，只有女子和老父相伴，没有兄弟，老父年迈无依。接下来就写打破太平生活的事情，郡吏前来征集兵役，强迫家中年迈的老父应征，县官虽知实情，却不敢违抗，女子就像风中的稻草，找不到任何依靠。接下来女子诉说的是老父被督遣上路，不许稽留，老人只得拄着拐杖应役的情景。贫女在老父上路之时，殷殷地嘱托同行的乡邻，恳求他们照顾年迈的父亲。她做了自己所能做的任何事情，想必当时其便有隐恨，恨自己不是男子，不能替父从征，按照当时诏书“三丁籍一”的规定，这家本不在征集之内，我想如果女子那时是男子，官吏们想必还是为了取悦上司，多方搜集丁口，只要是男丁，都会被迫征役，贫女的老父也是无法避免这样的磨难。这一部分，女子对郡吏和官家不满，以及自己的无奈、老父的无奈都融入到了自诉之中，读者设身处地感受，必能体会。

第二小段由“适闻闾里归”至“僵死壤河上”，是将老父从军这件事情做了一个结束的交代，从等待的企盼，直到一段时日后，闾里有人从戍所回来询问父亲讯息，得知老父已经冻死在寒雨之中露尸在壤河边上。老父被迫从征的事情到这里结束了，只留下那个无力、迷茫的贫女一人，在画面中痛苦。

接下来第三小段由“弱质无以托”至结尾句“生死将奈向”，则是诉说老父死后，孤苦无依，迷茫痛苦，她不知道如何给父亲安葬，也无人可以帮助她，对接下来的生活，她感到绝望了。她捶胸痛哭，她呼天抢地，恨自己是女儿身，未能为老父做什么事情，觉得自己不如男子，虽然活在了这个世上，却一点用都没有，这便有了轻生的想法，她走投无路了，不知道这样的自己，这样的生活，还能不能继续活下去，还有什么理由活下去，诗到这里，将贫女因为这场没有道理的征役所受的痛苦，全部展现在了听者的面前，也将社会的黑暗残酷，就这样强有力地揭露出来了。

女子所代表的并不仅仅是一个人，一个家破人亡的家庭或许并不能说明什么，但受征役的难道只有老人一人吗？死去的难道只有老人一人吗？家破人亡的家庭又只有他们一家吗？

想必诗人见到女子之时，女子在汝河的河堤边上行走，可能正有轻生之念。女子已经把命问天，生死无主了，自己都不想去掌握了，觉得自己活着没有用处。可见当年兵役过滥，使人民遭受苦难，将好好的一个家庭活生生地拆散，弄得家破人亡。

拄杖老人服兵役，女命不知将何向，人民遭受苦与难，仁宗时期兵役滥。

百姓最受罪

——《小村》

淮阔州多忽有村，棘篱疏败漫为门。
寒鸡得食自呼伴，老叟无衣犹抱孙。
野艇鸟翘唯断缆，枯桑水啮只危根。
嗟哉生计一如此，谬入王民版籍论。

梅尧臣

天灾不若人祸，天灾不可避免，人祸乃人所为之，本可避之，法令乃人所制定，本为了更好地长治久安，保护百姓之利益。于是法外可容情，依情而施法，酌情而为之，这才是正确的做法，才是苦难中百姓的福音。

梅公，体恤民情，洪水灾害之时，亲至现场与民一同参与救助，亲力亲为，“淮阔州多忽有村，棘篱疏败漫为门。”棘篱：用荆棘编的篱笆。漫：轻易地，此处指草率地。见灾后小村荒凉破败，到处都是萧条之色；田地被洪水浸泡，庄稼被毁，房屋被洪水摧毁，只有断壁残垣，用荆棘编制的篱笆门，都已经被洪水冲刷得东倒西歪，一点都看不出来原先这里是门，进院子可以见到几只瑟瑟发抖的小鸡正在四处寻找食物，偶有一只小鸡寻到食物，便会呼唤伙伴一同到这处来寻找。不远处有爷孙两人，想必原本此时是在喂养这些游走的小鸡，但现在老人明显没有去理会那些小鸡，任由它们自行觅食，“老叟无衣犹抱孙”这样的景象想必让诗人骇然，感伤吧。老人上身无着衣，怀抱着年幼的孙子，在这严寒之际，想必正是通过这样的方式，给自己和孙子取暖。这是人性的关心，是爷爷的慈爱，也是凄凉的最直白的表现。此时田地遭洪水淹没，应该无田可耕，家中如有男子当在家才是。但屋中只有爷孙俩，可见父母大多出外谋生，不在身旁，爷孙俩相依为命。床衣被浸，无谷可食，无暖衣可穿，无暖床可睡，到处都是湿寒之气，爷孙俩，生活在这样的环境中忍饥挨饿，受寒受冻，苦不堪言。

院旁不知何时多出了一艘船，“野艇鸟翘唯断缆，枯桑水啮只危根。”这是一艘没有主人的“野艇”，也许原先是有主人的，但洪水将其冲散，洪水过后的村落会不会也存在这样被洪水冲散的家庭呢？院旁这里不是船只应该停泊的地方，想必是在洪水之时被席卷而来的，船上只有几根断开的绳索，以及几只林中飞来的鸟儿，它们翘首仰望期盼着什么，或许是期盼天晴的暖暖阳光洒落，或许是春风重新吹拂大地，唤醒这片受灾的土地。四周本就枯黄的桑树，经受洪水的侵蚀，桑叶全无，仅剩下树枝和那裸露出来的老树根，不知道这些桑树还能活多长时间。

老百姓就像这些桑树一样可怜啊，被天灾饥寒折磨，爷孙两人此时所处环境，可见他们生计无望，但荒谬的官府却将他们列入租地交税的百姓名单，天灾剥去了桑树的枯叶，现在官员又要用铲子将仅存的树根铲除。这是多么没有人性的事情，百姓在天灾中已经穷困潦倒，无法安身立命，官员并不是想方设法赈灾救济这些受苦的百姓，而是仍然向他们收取土地耕种才有的赋税，这无疑是雪上加霜，将百姓逼上绝路。

诗人梅尧臣出身贫困，对底层劳动人民的生活有着切身的感受，所以他同情下层劳动人民，其诗描绘的百姓疾苦生活都显得十分真实。此诗描绘的是仁宗庆历八年淮河地区洪灾后，形成许多小洲上的小村荒凉破败、一片萧条的惨状，百姓饥寒交迫、生活艰难的景象。

诗歌采用了很多的意象，“棘篱”、“寒鸡”、“野艇”、“枯桑”等 这些都是意象，都能让人看出这个村子人烟稀少、破败荒凉之情景。还有很多词语的应用让画面生动起来，如“漫”可见篱笆门受破坏之严重，如“寒”生动描绘了鸡瑟缩的样子，从而又巧妙地点明了那时是寒冷的季节，继而为下文无衣老者的身寒埋下伏笔，虽然诗未有提到老者身寒，但读者都能感受得到，从中体会百姓的艰苦。“自”，自动，让觅食的小鸡，如人般有表情了。“翘”是抬头仰望翘首以盼的姿态，“啮”赋予了洪水生命，形象表现了水灾造成的破坏之大，用得格外传神。

“写贫苦小村，有画所不到者。末句婉而多风。”(《宋诗精华录》)“有画所不到者”就是画面之外有很多事情我们还不知道，所见的只有一对孤苦伶仃的老少，其他受苦受难的百姓呢，他们此时正在受着怎样的煎熬？这些都留给读者自己去想象了。“末句婉而多风。”“嗟哉生计一如此，谬入王民版籍论。”末句虽然只有简短的两句，只有只言片语，甚至只有一个“谬”字有指责之意，但其中指出的事实：尽管沙州村上人们灾后现状如此凄惨，他们还是被编以户籍以向统治者交纳苛捐杂税，实际上是诗人委婉地谴责了官府胡乱收税，根本不依据具体的情况，不顾百姓死活的做法，“多风”自然是指诗人字里行间流露出来对底层百姓深深的同情之情。

梅尧臣论诗曾说过：“诗家虽率意，而造语亦难，若意新语工，得前人所未道者，斯为善也。必能状难写之景，如在目前，含不尽之意，见于言外，然后为至矣。”（语出自《六一诗话》）此诗“棘篱疏败漫为门”“寒鸡得食自呼伴，老叟无衣犹抱孙”“野艇鸟翘唯断缆，枯桑水啮只危根”，真是状难写之景如在目前啊！也都是能产生画面的好诗句。圣俞曰：“作者得于心，览者会以意，殆难指陈以言也。虽然，亦可略道其仿佛：若严维‘柳塘春水漫，花坞夕阳迟’，则天容时态，融和骀荡，岂不如在目前乎？又若温庭筠‘鸡声茅店月，人迹板桥霜’，贾岛‘怪禽啼旷野，落日恐行人’，则道路辛苦，羁愁旅思，岂不见于言外乎？”（出自欧阳修《六一诗话》）诗人写的时候是发自内心的，看的人能够理解他的意思，大概是难以用言语表达的。这些都是诗人对好诗歌的标准，此篇诗歌正好能传达诗人对好诗歌的理解，而且能让人们看到画面之外的画面！

百姓如枯桑树般仅剩的老根不知道能活多久，又如那破船上的鸟儿，仰望着，期盼着什么。梅公在淮河洪水受灾的村庄，所见一片凄凉，同情百姓的艰苦，对朝廷赋税制度不按实际情况具体实施，根本不顾百姓死活，胡乱收税的行为表示不满。

守边赤子心

——《渔家傲·秋思》

塞下秋来风景异，衡阳雁去无留意。四面边声连角起，千嶂里，长烟落日孤城闭。浊酒一杯家万里，燕然未勒归无计。羌管悠悠霜满地，人不寐，将军白发征夫泪。

范仲淹

范仲淹，字希文，宋仁宗当政期间，西夏外侵中原，希文乃受命镇守边疆，号令严明，体恤士兵，深得军心，再加其熟知用兵之道，西夏对其颇感忌惮，同时也对其军事才能而感到佩服，称他

“腹中有数万甲兵”，敌人的肯定，是对希文的军事才能的肯定，但是希文对抗敌提出的一系列方针都不被采纳，而且还受到了打击和迫害，可见当时的朝廷腐败无能，在主和派的作祟之下，朝廷将主要的精力放在了镇压国内的患乱，而对于边疆不断遭受侵略，只保持坚守姿态，不予迎战。从此又可见当时的宋朝内忧外患，国事紧张，动荡不安。在这样的政治主张，以及腐败滋生的王朝，导致了希文，与外敌交战，败多胜少，只能靠坚守以稳定大局。《渔家傲·秋思》乃希文长年驻守边关的军旅中，见士兵之思，念自己所思，而写出的一首描绘现实的军旅生活的作品。

词一开头，“塞下秋来风景异”，希文就交代了所述发生的“塞下”这一标志性的地点，以及“秋来”时间。又以“风景”“异”统领全篇，诱人往下探寻所“异”之处。“衡阳雁去无留意”，接下来希文便开始讲述塞下秋来的“风景”，大雁南归衡阳，去时对此地无任何留恋之意，可见塞下的秋天是一片荒芜，寒冷无法让人为之留恋，希文未将景直诉，而是托南去的大雁反衬，而让读者自己感受塞下荒凉的景色。但在希文的眼里，自然的风景并不是词中所指的全部“风景”，自然风景而给希文带来异样的感觉只是其一。接下来“四面边声连角起，千嶂里，长烟落日孤城闭”。希文就直接描绘了塞外紧张的战争，以及肃杀的气象，“四面边声连角起”“四面”到处，有一种“四面楚歌”“腹背受敌”身临其境之感，“边声”如大风、号角、羌笛、马啸的声音代表战事的声音，通过“角起”，而“连”字则把原本就紧张的气氛，赋予剑拔弩张之势。“千嶂”像屏障一般的群山，希文放眼望去，所及之处皆被群山环绕，这样显得压抑，荒漠上飘起的“长烟”，落日时分的孤城紧闭。希文通过“边声”、“角起”和“千嶂”、“长烟”、“落日”、“孤城”等具有特征性的事物，将边塞荒凉之景描绘得有声有色，征人见此风景，自当百感交集，所以所见为“异”。“异样”的边塞风景，“异样”的边关征人之情。边塞的征人常年守战而不归，“孤城闭”可见我军势单力薄，孤军无援，并且只能紧闭而固守。

希文从异样的塞下风景，写到了在这样风景中常年驻守的征人，以及征人驻守的生活，“浊酒一杯家万里，燕然未勒归无计。”写戍边将士借酒浇愁，想以一杯浊酒，来抵御万里的思乡之情，好像喝醉就能不去思念，或者醉梦中还能梦回万里之外的家中。常年的驻守让士兵士气萧条，久困孤城，他们早已归心似箭；“燕然未勒归无计。”“燕然未勒”指边患未平、功业未成，“归无计”，除了早日平定边患，方可归家以外，别无他计。但眼前孤立无援的处境，那是对士兵唯一归家之计的沉痛打击。因为眼前的局势，只能勉强靠固守，方能拖延战况，暂时稳定局面，但朝廷迟迟不肯派兵前来增援，不肯下令放弃固守，而一同杀敌。征人的满腹牢骚，一心归家的念头，只能借这一杯浊酒，消解一下。士兵如此，希文何尝不是如此，其意见不被采纳，还遭受打压，但平息叛乱、反对侵略和巩固边防的决心却未曾改变，所以即便日子再艰难，风景再荒凉，也无法磨灭希文的意志，他只是借此表示外患未除、功业未建，并见士兵久戍边地思乡不得归，此时不知所为的复杂心情。“羌管悠悠霜满地”不禁让人想到辛弃疾《关山月》中“笛里谁知壮士心？沙头空照征人骨”之情，悠悠羌管，声声思归情，边塞飞雪霜满地，天寒地冻人不寐，入夜之后，军中常能听见士兵吹奏出来悠悠羌管之声，让寒冷的夜晚有了声色，让寂寞的日子有了悦色，曲声中融入了乡恋，此夜满是思归的士兵。在这洋溢着乡曲的夜晚，在这飘着霜雪的夜晚，士兵无法入睡，无以入眠。驻守边关的将士，不知道度过了多少个这样无眠的夜晚，“将军白发征夫泪。”将军鬓发染霜，征夫泪下如霰。将军在边塞白了头，那不仅是岁月流逝的感慨，更多的是对年华虚度的感慨，将军不能立功，无法建功立业，无法带领士兵结束战争，回到自己的家乡。这是将军的感伤，“征人”乃指天下从军之士，从某种意义来说，将军士兵，都同为征人，“征夫泪”，乃是对军人寂寥处境而落之泪，即对所受战争之苦的百姓所落之泪，他们的彻夜无眠和落泪感伤道出了将军战士驻守边关的壮志难酬，不得以归的感伤。

北宋王朝政治和经济上都存在危机，致使外敌入侵，内患不断，在风雨飘摇之中的“斜阳烟雨断肠处”之感。通过上阕绘出一幅塞外疆场的画卷：塞下秋凉，夕阳暮色下，北雁南飞，号角阵阵，千嶂群山，长烟落日，孤城紧闭，为下阕抒情做好感情铺垫，下阕开篇便是浊酒一杯，以酒为引，以酒浇愁，所述自然就是满心忧愁的驻守边地的士兵，士兵所挂乃万里家乡愁。通过比兴之法，将万里家愁和“未勒归无计”的现实，做了深刻的比对，词中有的不仅是感伤，还充满了痛苦的绝望。继而将所绘之景，所铺之情，在词的最后迸发而出。“羌管悠悠霜满地，人不寐，将军白发征夫泪。”羌笛悠悠，催人思乡，催人落泪，寒夜漫漫，青霜相伴，彻夜难寐。壮志难酬，将军鬓发斑白，归期无望，战士潸然泪下。此词所现乃边地的荒寒，将士的孤苦，慷慨悲凉，表现了希文抵御外患、报国立功的壮烈情怀。所谓 “国家不幸诗家幸，赋到沧桑句便工”。这样风雨飘摇的国家中，便诞生了这样以述边塞军人生活来抒情，景中有情，情中有景，景烘托情，情融于景，豪放的忧国忧民的边塞诗词。

一首秋思，道尽了范仲淹将军的一片赤子忧国爱国之心!

忧国悲秋

——《悲秋》

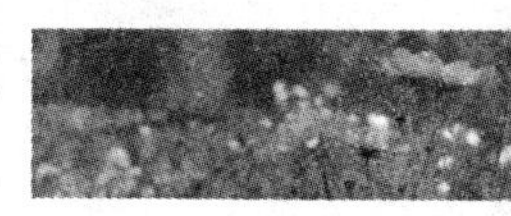

万里西风入晚扉，高斋怅望独移时。

迢迢别浦帆双去，漠漠平芜天四垂。

雨意欲晴山鸟乐，寒声初到井梧知。

丈夫感慨关时事，不学楚人儿女悲。

黄公度

写秋，多悲伤，羁旅之人见秋，多抒发思乡之情；女子见秋，多怀念思人；暮年见秋，多感慨韶华流逝；但这首诗见秋，写秋，却是表达诗人的忧国情怀。

黄公度，字师宪，号知稼翁。知稼翁以进士第一，而获签书平海军节度判官，曾任秘书省正字。那时正值宋金交战之际，南宋当时当权的是秦桧，主张求和投降，主战的爱国人士，受其打压，多不能得志。南宋也因割地求和，而获得苟且的机会，在风雨中摇摇欲坠。知稼翁因为贻书台谏官言当下的政治情况，想让不自知的宋高宗有所了解，能做出正确的应对政策。却不知当时的台谏官乃秦桧的亲信，台谏官早就成为了秦桧排斥异己的工具，知稼翁挨到枪口之上，言时政，内容早已经触及秦桧所“忌讳”之言，自然就遭到揭发，被定为“讥谤”，知稼翁被扣以罪名，贬为肇庆府通判。其后的仕途道路可想而知，肯定处处受到求和派的弹劾。

了解知稼翁的生平简史，更有利于我们了解品鉴此诗的种种意象，以及诗人通过意象所要抒发的情感。“丈夫感慨关时事，不学楚人儿女悲。”从最后一句，我们就可以看出知稼翁的此《悲秋》之作和以往楚人儿女煽情秋悲之情大不相同，其所要抒发的是丈夫应该感慨“关时事”的忧国爱国之情。那诗人是如何一步步、一层层地为抒感慨铺叙、描写的呢?

诗一开篇，映入眼帘的便是万里寒冷的西风，吹打着门窗。“万里西风入晚扉”，“晚”交代了时间，夜晚的寒风，夜晚的寂寥，将知稼翁的“怅”之情更凸显，诗里我们看到了知稼翁一人独自站在瑟瑟西风中，登高楼倚窗扉远眺山河的画面。曾记得幼安词中有这样写道，“闲愁最苦，休去倚危栏，斜阳正在，烟柳断肠处。”知稼翁登高自然感伤，此时“晚扉”在诗人看来就如风雨飘摇中，年暮欲完的南宋国家，“万里西风”，寒风万里从西而来，就如长驱万里一路侵入宋国领土的金兵，登高远眺之人悲怅，乃知爱国志士，受打压不得志，而登高望山川而独伤悲的不公际遇。

诗一开始，即紧扣悲秋，以“西风”点秋，以“怅望”点悲，呈现在瑟瑟西风中的知稼翁登高独自倚扉的画面。首句在“扉”前这一“晚”字，交代了时间，又渲染了冷寂的气氛。接下来的“迢迢别浦帆双去，漠漠平芜天四垂。”“别浦”是通大江的小河汊，便是写到知稼翁登高所见之景。看着眼前蜿蜒的河流，双帆随河移动；再眺望远方荒草离离的原野，直到原野消失在天际尽头，想必知稼翁所见由眼下的山河，望到了天际尽头那些失地所在，望到了“去”“垂”的国家未来。不知沦陷之地百姓是否安好。词人独自忧怀。

“雨意欲晴山鸟乐，寒声初到井梧知。”雨欲停，天即晴，这是我们用目光就能判断而出的变化，山鸟却为之而雀跃，寒声初到，山鸟不知，只有井梧可感知。山鸟的快乐，只是建立在眼前，却无法感受到自然气候的变化，知稼翁乃心系国家，词中的山鸟如果赋予人的性格，那就等同于当时秦桧那些主和派，那些沉湎于偏安局面的权贵们，他们只顾及眼前的享受，过着灯红酒绿的生活，完全没有意识到求和下面隐藏的危机，只有敏锐如井梧帮的爱国之士，才能感受到这潜伏的危机。“雨暗苍江晚未晴，井梧翻叶动秋声。”（道潜《江上秋夜》）梧叶翻卷的动静可以辨别风声，井梧有此之能却不如山鸟雀跃让人喜爱，井梧有此特性却不为人用。知稼翁以物拟人，以物喻意。很是含蓄地指出了对那些推行投降政策，变相卖国之人的不满，也透露着对“井梧”这样的爱国志士处处受到压迫，壮志难酬的不甘，当然，那也是知稼翁自己的不甘。眼前之境难免让人心生悲秋之情，但词到最后，知稼翁却将词引到另外一层高度，此写秋，所以悲，乃因词人忧国爱国之情。“丈夫感慨关时事，不学楚人儿女悲。”此句一出，好像“丈夫”的形象顿时高大，此前那些皆为“感慨关时事”。原本幽怨不甘的知稼翁，此刻长吐了壮语豪言，痛快淋漓地抒发出了自己的伟大抱负，顿时变成了豪迈的爱国诗人。诗篇上部分，那些拟喻、隐喻，都不难理解了。“不学楚人儿女悲。”在国难之时，风雨飘摇之中，是大丈夫就应该设法为国作贡献，即便受打击，也要心系国事，关心国中时事，不能学楚人儿女，只知道悲伤，只懂得感慨，为征人，为离愁，为羁旅，却不是忧国。那些都是儿女的小情，小情何足言悲，个人之情何抵国家之危。词人鄙弃楚人宋玉伤时悲秋、惆怅自怜的儿女之情。抒发大丈夫应为国事时时而担忧感慨。“词气恬静而轩爽，无一切淟涊龌龊之态”（《四库全书总目提要》），读了令人赞赏。

垂泪痕

——《关山月》

和戎诏下十五年，将军不战空临边。

朱门沉沉按歌舞，厩马肥死弓断弦。

戍楼刁斗催落月，三十从军今白发。

笛里谁知壮士心，沙头空照征人骨。

中原干戈古亦闻，岂有逆胡传子孙！

遗民忍死望恢复，几处今宵垂泪痕。

陆游

当外强来袭之际，勇敢强盛的国家选择迎战，扫除外强，使敌不敢再有冒犯之意。有气节的国家，即便势弱，哪怕只有一兵一卒，也将与外强厮杀。没有骨气的国家，就选择讲和。

南宋期间，金人南下，侵入中原，烧杀掠夺，宋军大败，“和戎诏”就是当时宋孝宗向金国下的求和诏书。求和自然就有割地赔偿，以及往来的互通，不再战争。求和之下皇帝的皇位得以保住，朝廷官员的利益得以保存，和戎诏书颁布已有十五年，他们一直享受着这份屈辱下的安逸。虽然边境仍然有派将军统兵驻守，却“不战”，是将军不想打仗，导致无仗可打，还是统治者不允许他们战斗，这样会破坏条约，打破他们安乐的生活，危害他们的利益。所以为了个人的享受，他们不惜出卖国家，命令将军不可与金人作战。将军虽然统军而来，却无从发兵，无事可做，就跟白走一遭似的。这个“空”字，也能感受得到当时将军练兵多年，来到边疆本欲杀敌报国，却不可战之的无奈与报国无门的失落情绪。

将军在空留边疆时，“朱门沉沉按歌舞”，“沉沉”，形容屋宇深邃；“按歌舞”，指依照乐曲节奏载歌载舞。朱红的大门，深深的庭院处，在那里，统治者们，正在饮酒作乐，沉迷在灯红酒绿，载歌载舞的糜烂生活的享受中，他们贪生怕死，为求自身安好，全然不顾及国家利益，敌人一用强，派兵攻打边境，就纷纷向敌人屈膝投降，一点反抗的精神都没有，还要为这些抵抗政策找出各种冠冕堂皇的理由，怕战争劳民伤财，怕战争血流成河。最终令软弱的宋皇下达了“和戎诏”这种自欺欺人的诏令。于是在这些年里，酒池肉林便是他们的生活，致使“厩马肥死弓断弦”，那些原本是养来抗敌的战马，肥胖而死，用来杀敌的弓箭，长年没用，朽断开。“厩马”都已经肥死，弓弦都已经断了，那国家有战事的时候，用什么去迎敌，杀敌、到时候用什么来保卫国家，保卫人民。可见统治者目光短浅，所看到的只有眼前的安逸。

驻守边关的战士，因为朱门中的统治者的投降政策，而不能驱逐外侵者，收复北方失地，完成祖国统一，只能长期驻守在边疆，无法还乡与家人团聚，他们只能在戍楼的“刁斗”敲打的报时声中看着时间一天天地流逝，“催”的是月落，“催”的是明月下战士思念亲人的日子赶紧结束，“催”的是月夜下，吹笛声中渐渐消失的志士报国之心。但最后“催”的却是宝贵的时间白白流逝，活着的战士一头白发，死去的烈士已成白骨。“笛里谁知壮士心，沙头空照征人骨。”月夜下，笛声中，满含着边关战士的哀怨、苦闷、激愤之情，和戎的投降政策，让他们不能尽快驱敌，回乡会亲，只能遥望天边的月亮。此时月光“空照”在沙头上的那些征人尸骨上。“空照”显得四周空荡，显得画面孤苦。这不就是当时驻守边关战士心情的写照吗？

看过了和戎投降政策下，统治者的朱门酒肉生活，边关士兵虚度光阴，白首未归的情景。诗人愤恨不解，中原自古以来就不断遭受外族的侵略，他们攻打我们的边境，占领我们的城池，侮辱我们的百姓，但我们的祖辈都没有让他们在中原长久驻足，便将他们重新赶出我们的国土，收复失地，将生活在水深火热中的百姓解救出来。我们从来就没有怕过这些“逆胡”的侵略。“岂有”可以看出对这一点诗人是多么的肯定，越是肯定，其中讽刺轻蔑那些持投降意见的统治者的意味越强烈。被遗留在失地里生活的百姓，肯定现在正受着外族人的欺辱，生活得十分艰难，他们在这种生活中强忍苟活，而没有选择去死，那是因为他们还怀着宋军能够挥戈北上，前来驱除外族，收复失地，恢复他们往日生活的希望。然而和戎诏，让他们的盼望破灭，只能空望南方，如被遗弃的孩子，伤心落泪。“几处今宵垂泪痕”，其中“几处”可以让人展开想象，遗民床头几处垂有泪痕，就可见遗民啼哭多次，到处都是泪痕。如果联系全诗，也能想象到，不仅是遗民落泪，征人也落泪，边塞士兵落泪，将军落泪，百姓听闻和戎诏而落泪。

朱门深院里面是统治者灯红酒绿的享受生活，朱门之外边塞之地是受和戎诏约束，浪费青春，看时间一天天流逝的将士。而边关之外，是流血，受践踏，受蹂躏遗民的悲惨生活。在同样一轮明月照射下的不同生活，关山里，关山上，关山外，鲜明深刻的对比，深刻指责统治者为求自保，面对外族侵略，采取不抵抗政策，颁布和戎诏的行为。

“将军不战空临边”，“厩马肥死弓断弦”，“笛里谁知壮士心”这些诗句中可以看出诗人壮志未酬，报国无门的悲愤，也反映出在这样当权者执政的年代，有志报国的人，如将军空临边，战士空岁月，沙地白骨月夜空照。“遗民忍死望恢复”，遗民却还在“忍死”“望恢复”，遗民处境凄厉异常，在和戎诏之下看不到任何希望。

这首《关山月》中充满了沉郁、苍茫、悲凉、激越的情绪。古乐府中的“关山月”原来都是以边塞的生活为题材，抒发从军战士怀人思乡的内心感情。但陆游所写的《关山月》不仅仅是抒发从军战士怀人思乡的内心感情，陆游从和戎下诏的统治集团写到边塞戍楼的战士又写到中原忍死的遗民，诗的内容丰富了，境界扩展了，思想意义也更深刻了，而这些更深刻的思想和更充沛的感情，让我们看到诗中生动的描写和有血肉有情绪的形象。诗紧紧围绕着“关”、“山”、“月”三个字，关山原是代表边塞的地理特征，防守时总是在山势险峻之处设置关塞。将所见朱门灯红酒绿的生活视为关山里，将军和边关的战士虚度光阴的生活视为关山上，受苦受难、任人欺凌的遗民生活视为关山外。诗人由近到远把几方面不同的事物排列在一起，让读者清楚，让读者对比，从而让人更深刻地了解诗人在诗中所表达出来的感情和是非观念，形象而具体地揭示出爱国志士和卖国权臣两党派之间尖锐的矛盾，概括性强，达意深刻。这些不同地点发生的不同事情，却通过同一轮“月”照将其呈现而出，而且月亮的阴晴圆缺，代表着时间推移、季节变换以及时光流逝，驻守边关的战士望着它，感叹流逝的年华、空度的时光以及思念家乡不能归的凄凉。忍死的遗民们，望着它，牵动了对故国的思念，勾起了返乡的欲望。南宋的统治集团，赞成投降和戎的一方，望着它，高歌煮酒良辰美景正当赏月。同是明月，在不同生活处境人们的心目当中，感受和反映都有不同，当权者看到的是明月照射下，朱门里深深庭院中的歌舞，边关战士，看到明月照射的却是自己的白发和沙头上征人的白骨，遗民所看到明月照射的是备受凌辱的日子和日夜忍死盼望归来的泪痕，和戎诏下的这十五年来，月亮一直这样照着。当权者的生活不曾改变，终日歌舞，征人的白发益多，沙头的尸骨未收，遗民依然忍死，床头泪痕依旧。

借着月光的照射，诗人看到了很多，想到了很多，也将“中原干戈古亦闻，岂有逆胡传子孙”这样的历史和现在长期和戎不战的政治局面做了对比，沉痛悲愤之情充溢于字里行间。诗中没有剑拔弩张惊人的句子，只有客观的描述事实，从中透露出一种催人泪下、惊心动魄、义愤填膺的力量。

将死不忘定中原

——《示儿》

死去元知万事空，但悲不见九州同。

王师北定中原日，家祭无忘告乃翁。

陆游

“鸟之将死，其鸣也哀；人之将死，其言也善。”陆游从北宋末年到南宋的前半年，见到了金人不断侵略中原，自己的祖国不断南迁，北地被金人占领。尚是少年的陆游便受迫害，随父母南迁，饱受颠沛流离之苦，自小便有抗金，收复失地，实现中原统一的爱国情怀，这样的爱国情怀陪伴了他的一生。但在当时的宋朝，主和派当权，陆游为官时，因多次提出抗金的提议，而遭到主和派当权的排斥和打击，仕途极其不顺。中年曾入蜀地抗金，对军旅生活体验深刻。晚年在绍兴家中闲居，闲居时“眼明身健何妨老，饭白茶甘不觉贫”，但到临死之时却不忘写诗叮嘱子孙，“王师北定中原日，家祭无忘告乃翁。”可见其一生都在惦记国家统一之事，爱国情怀值得后世学习。

人将要死去，死后一切皆空，“死去元知万事空”，不应该有什么牵挂。但是陆游一生未见到金人被驱逐，中原实现统一，想起那些被金人占领的土地上，生活的人民百姓，正受着金人的蹂躏，生活在水深火热之中，忍死在等待着宋军能够前去驱逐外族，收复失地，统一中原，就会感到悲伤。想到自己没法等到这些沦陷之地，得以收复之日，这使陆游感到沉痛。诗中的“悲”，不仅因为个人无法见到九州统一，更是因为想到九州中被金人侵占而失去土地的苦难百姓，“遗民忍死望恢复，几处今宵垂泪痕”（陆游《关山月》），以及对朝臣妥协割地相让，以求自保的行为感到可悲。

“王师北定中原日”这句话充满了诗人的豪情，以及对宋王浩荡的雄师，北上驱逐金人，平定、统一中原那一日到来的坚定信念，诗人始终相信这样的一天会到来，即便从出生，便是见到积贫积弱的北宋在金人的屡屡侵犯下，节节败退，丧失大量国土，北宋都城汴京被金人攻陷占领，百姓大举南迁，饱受流离失所的痛苦，见奸臣秦桧为丞相，一意向金人屈膝求和，反对士兵抵抗，见到赵构皇帝多次向金人签署求和协议，将北方的大好河山送与金人，自己的国家偏安一隅，不思进取，在敌人的铁蹄底下苟延度日，见到爱国之人提议抗金，却被求和派打压，看见求和派朱门后面的灯红酒绿的生活。

一个堪忧的国家，一个将死的老人，却对这样的国家怀有坚定的信心，可见其爱国之情多么强烈。他未完成的愿望希望他的子孙替他继续完成，他未见到的统一之景，希望他的子孙能够看见，然后在家中祭祖的时候，将这样的好消息告诉他，让他这位老翁，也能够和百姓一起享受中原统一的快乐。

这首诗应该是诗人陆游最后一次提笔，乃是其绝笔之作。诗人在弥留之际，不忘提笔作诗，留下遗嘱，嘱咐自己的儿孙，“王师北定中原日，家祭无忘告乃翁。”可见诗人在临终前，还是念念不忘被女真族这个外侵者所霸占着的中原领土以及那些受苦受难的遗民们；还热切地盼望着“九州同”“北定中原”，祖国能重新实现统一。从遗嘱中，我们可以领会到诗人执着、深沉、热烈、真挚的爱国之情！隐隐也可见诗人一生都在为这样一个祖国统一的目标奋斗，所以到死都无法忘记，诗人这样强烈的爱国之情，不知道鼓励了多少后世之人，尤其是面对外敌入侵，国家面临分裂的情况面前，勇敢地做出选择，与外敌抗争，守护国家统一。

诗篇开头便是“死去元知万事空”。“元知”，本来就知道，元是一个通假字，元通原；“万事空”，人死后身前之事都将与己无关，自己也没有什么能力去改变，所以根本就没有必要去操这份心。但诗人接下来的第二句，“但悲不见九州同”话音一转，“但”诗人还有所“悲”，感到遗憾的事情所以放不下，对于一个本应该“万事空”的将死之人来说，放不下的事，必定是对其极其重要的事情，而对于诗人无比重要的事情就是“不见九州同”，沦丧的国土尚未收复，祖国的江河尚未统一，这些是诗人一生所盼，至死却未曾见到的遗憾。但诗人并未对此绝望，从诗的第三句“王师北定中原日”，可以看出，诗人虽然对死前无法看到而感到沉痛，但他却是坚信宋朝的军队一定会有北上驱逐外敌，收复失地，统一中原的一天，从诗中我们可以看见诗人激昂的情绪，甚至可以想见诗人想到这画面时露出的自豪与喜悦。最后结句“家祭无忘告乃翁”，诗人从激昂的情绪中回到了现实，现实是诗人无法在自己活着的时候看到这一切，这是一种无奈，所以只好把希望寄托于后代子孙。希望他们等到“北定中原”后千万不要忘记在家祭时告诉他。

诗就是这样的简单叙事结构，通过诗人多次的感情变化，来传达其临终前复杂的情绪，全诗直白如话，但爱国情怀却被表达得真真切切，让人一读，便能深刻地感受到，诗人既有对抗金大业未就的无穷遗恨，也有对国家必定统一的坚定信念，全诗透露着那份催人泪下的爱国热诚，成为后世许多百姓在战乱之际，国家分裂之时，对渴望实现国家统一的一个强有力呼声。

平戎不若种树书

——《鹧鸪天·壮岁旌旗拥万夫》

有客慨然谈功名，因追念少年时事，戏作。

壮岁旌旗拥万夫，锦襜突骑渡江初。燕兵夜娖银胡觮，汉箭朝飞金仆姑。追往事，叹今吾，春风不染白髭须。却将万字平戎策，换得东家种树书。

辛弃疾

“有客慨然谈功名，因追念少年时事”，此题便交代了词篇追忆的起因，是因为晚年被迫闲居的幼安与朋友聊及功名，有所感慨，遂由此“戏作”。同时也交代了词篇主要内容：少年英雄事，老来徒“戏作”。幼安通过“戏作”自嘲了一个抗金名将，在当时社会报国无门、壮志难酬的悲惨。对自己遭遇的自嘲，对国家懦弱的无奈之情。

幼安所处本就是乱世，乱世自然渴望出英雄，爱国者，都当有一份男儿热情，幼安就是这样一位爱国男儿。南宋的江山在风雨飘摇中，因在金人几番侵略，割地求和后，大片北地缺失，南迁而偏安一隅。爱国者无不希望失地收复，中原统一。幼安在《美芹十论》中曾这样提过“粤辛巳岁，逆亮南寇，中原之民屯聚蜂起，臣常鸠众二千，逮耿京，为掌书记，与图恢复，共籍兵二十五万，纳款于朝。”“鸠众二千，逮耿京”讲述的是宋高宗绍兴三十一年(1161)，当时金主完颜亮率大军南下，北方遗民乘其后方比较空虚之机，纷纷起义。“鸠众二千”，当时一腔爱国热情的幼安，也组织了两千多人的起义队伍，“逮耿京，为掌书记”，幼安率领着这支小起义军，归附了当时一支由耿京领导，声势浩荡的起义军队伍，幼安担任掌书记。“与图恢复，共籍兵二十五万，纳款于朝。”并提议为了能更好地实现恢复中原的目的，希望起义军能够和南宋取得联系，相互配合。耿京采纳其意见，第二年正月，派他们一行十余人谒见宋高宗，表示愿意让二十五万兵力，纳款于朝，希望共同抗金，收复失地，恢复中原。高宗得讯，授耿京为天平军节度使，授辛弃疾承务郎。上阕第一句“壮岁旌旗拥万夫”讲述的便是这件幼安领导起义军抗金之事。

“壮岁旌旗拥万夫”，“壮岁”，指幼安青壮之年，据记载，幼安领兵起义时，乃二十出头，正值壮年。“旌旗”，是旗帜，代表一方势力，也是权力，指挥的象征。“拥万夫”，率领上万士兵的队伍。“夫”，指士兵。幼安在青壮之时，便已经举旌旗，而率万夫与金人斗争。意气风发，可想而知。“锦襜突骑渡江初”。“锦襜”，指士兵的战袍。“突骑”，指南归的精锐骑兵。“渡江”，南渡归宋朝。这句描绘了幼安当时带领着穿锦绣短衣精锐骑兵南渡归宋，骑兵所穿为短衣，可见那是幼安从金国带回来的义军，义军在失地，受金人影响，抛弃沉重不便的装束，改用适合行军作战的短衣。“初”交代了这只是事情发展的开始，为接下来的南归过程中与金人激烈交战做一个铺垫说明。到此我有必要就幼安领兵南归宋，而不是继续在敌人后方联合宋军一起抗金而做说明。因为在幼安等人前去谒见宋高宗，与图恢复后，幼安等人回到海州，便听说起义军首领耿京被杀，乃是叛徒张安国为投降金人所为。耿京死后，群龙无首，张安国带走他的上万士兵，其余义军便将溃散。幼安听闻此消息，便在当地招集组织了五十名勇敢的义军，直驱叛徒张安国的驻地，装作不知耿京已死之事，要求与其会面，将其捉拿。然后，再向那些义军揭示其罪行，打算把张国安缚置马上到临安把其交给南宋朝廷处置。义军中为宋朝遗民，自然不肯卖国投金，见此便跟随幼安，幼安便带领上万军队，因为张国安已经投降金人，幼安此举必定会被金人知道，金人自当派兵围剿，身在金人之地的幼安以及那些义军，势单力薄，就只能马不停蹄地星夜南奔，南奔途中遭到金人堵截，于是就有接下来的战斗画面。

“燕兵夜娖银胡䩮，汉箭朝飞金仆姑。”这两句就是写义军南下时沿途与金人追兵作战的情况。“燕”，是战国时期七国之一。燕国，所在之地偏北，金人入侵时沦陷，“燕兵”，指由遗民组成南归的北方义军。“夜娖”，夜里握着。“银胡䩮”，指银色或镶银的箭袋。幼安捉拿张国安后，便连夜南奔，一路上义军提携着箭囊，随时准备与追赶的金人作战，直到淮河以南才敢稍做休息。这从侧面反映了幼安捉拿张安国之举并非易事。要将一名刚刚为金人立功的功臣，从其营地绑走，并带走上万义军，谈何容易。幼安可真是初生牛犊不怕虎，智勇双全真英雄呀。“汉箭”，指汉朝的弓箭，这里用来指南宋士兵使用的箭。“朝飞”，早晨射出。“金仆姑”，箭名。想必就算幼安带领军队连夜南奔，终究是被金兵发现了，朝飞之箭，那是与金兵轰轰烈烈战斗的信号。义军将箭囊中的箭射向追至的金人，所射皆为“金仆姑”名箭，这只能说明幼安字里行间中透露出来的豪情，能杀敌之箭自是名箭，能势不可当之箭自是名箭，也可见义军军容之盛。

词的上阕就是这样，词人幼安用简短精练之词，“拥”、“渡”、“娖”、“飞”等连续动词，刻画战事紧张之感，加以旌旗、军装、兵器，让画面生动，轻易便描绘出了幼安少年时智勇抗金，豪情万丈的英雄形象，与后文形成对比，让之后所抒发的感慨，更加真切易懂。

“追往事，叹今吾，春风不染白髭须。”下阕一开始就是这样的感慨，一“追”一“叹”，往事就是英勇抗金意气风发之事，如今往事只能用来追忆，这其中包含着多少对岁月流逝，而今所受挫折的感叹；“叹今吾”，感叹如今自己不得志的处境。“今吾”是怎样的处境呢？幼安绑缚张国安这卖国叛徒，并领上万义军，归宋后，应该是大功一件，应是爱国英雄受到嘉奖，领兵而继续抗金。但事实并非想象般。宋高宗本就没有抗金的决心，虽然为其所表现的勇敢和果断惊叹，“壮声英概，懦士为之兴起，圣天子一见三叹息。”（洪迈《稼轩记》），但同时怕幼安这次的行动，激怒金人，打破用割地换来的“和平”，同时畏惧起义军的力量。所以接下来的岁月中，幼安的义军被解散，其提出的爱国抗金建议不被采纳，其任职的都是地方小助理、小官吏，这些都给当时充满爱国情怀的幼安当头棒喝，让他清醒地认识到“刚拙自信，年来不为众人所容”（《论盗贼札子》），在这样懦弱的君王和主和派当政的时代，自己处处受掣肘，报效国家的壮志难酬，便有了归隐的认识。“春风不染白髭须”，春风可以吹绿枯草，唤醒大地的生机，但是春风无法将幼安白髭须染成黑色，让他回到年轻的时候，此时的他，唯有在四十多年后的今天，在虚度的时光里，深深地感叹：自己老了，虚度了年华，流失的时光再也不能回来了。人已经老了，对恢复中原也无能为力了，这也是词开头所谓“戏作”中的自嘲之意，他之所以有叹，之所以有这种闲置的处境，皆因南宋当权者，戏作当中自然表现了对南宋朝廷的不满。

词到最后更是用“却将万字平戎策，换得东家种树书”，“平戎策”，打败敌人的策略。“戎”，原指少数民族，这里指南侵的金贵族。“换得”，换来。这样极其鲜明、典型、生动的描写，“平戎策”，指作者南归后向朝廷提出的《美芹十论》、《九议》等在政治上、军事上都很有价值的抗金意见书。“种树书”，农业生产中种植树木的书籍，这里泛指农业生产的有实际意义的书籍。幼安呕心沥血所著的上万字平戎策，变成了没有实际意义的书籍，倒不如向人换来种树书，还有一些生产上的实用价值，这是理想与现实尖锐矛盾的展现，这是南宋的可悲之处，也是灭亡的一个重要原因，也是幼安对自己一生政治生涯悲剧的概括和感慨。尤其是一个“却”字，这是幼安满腹牢骚，无可奈何的言辞，归隐生活显然不是满腔爱国热情的幼安想要过的，至少不是当时正当年轻，有抗金之勇的幼安所能接受的生活。一切都是不得已。

短短的几句词，将壮年的智勇抗金之举和老年闲居的生活状态，做了生动的比对，感叹青春不在，韶华流逝，壮士受到不公待遇，仕途被阻，壮志难酬，抗戎书不敌种树书的南宋现实状况，就通过一老者戏作而跃然纸上。老人与朋友所聊“功名”，幼安并不在乎功名，如若真的在乎，那他便不会提议耿京与南宋联合，如果在乎，也不会冒死冲入敌军的阵营，将叛徒捉拿，也不会冒死连夜南归。这些都只是发自其爱国思想而最自然的行为，所以感慨。词中隐隐抒发了词人忧国之怀。

这首词结构严谨，音韵和谐，上阕气势恢宏，下阕悲凉如冰，富有节奏感。

戏用李广事

——《八声甘州·故将军饮罢夜归来》

夜读《李广传》，不能寐。因念晁楚老、杨民瞻约同居山间，戏用李广事，赋以寄之。

故将军饮罢夜归来，长亭解雕鞍。恨灞陵醉尉，匆匆未识，桃李无言。射虎山横一骑，裂石响惊弦。落魄封侯事，岁晚田园。谁向桑麻杜曲，要短衣匹马，移住南山？看风流慷慨，谈笑过残年。汉开边、功名万里，甚当年、健者也曾闲。纱窗外、斜风细雨，一阵轻寒。

辛弃疾

若对稼轩生平之事有所了解者，便知稼轩所做的这首词，所要传达之情与《鹧鸪天·壮岁旌旗拥万夫》相似，皆为壮士忧国，不得志。满腔热血，无处洒。有别之处在于此词以飞将军李广功高反黜的不公遭遇的历史现实来比拟自己所遭遇的不公，从而抒情。

稼轩在《美芹十论》中曾这样提过，“粤辛巳岁，逆亮南寇，中原之民，屯聚蜂起，臣常鸠众二千，逮耿京，为掌书记，与图恢复，共籍兵二十五万，纳款于朝。”稼轩二十岁左右便已经组织百姓，起义抗金，“壮岁旌旗拥万夫，锦襜突骑渡江初”。此《鹧鸪天·壮岁旌旗拥万夫》词中便介绍了其少年抗金，闯敌营捉叛贼张国安，领数万起义兵南归，令天子都为其果断和勇敢感到惊叹的光辉事迹。但南归后，应宋仁宗并无抗金想法，又对稼轩所领起义军感到忌惮，再加之遭以秦桧为首的主和派的朝中奸臣忌恨，将义军解散，安其以闲职，从此仕途被阻，而且处处受到弹劾，提议大平戎策等富有意义的抗金策略均未能被采纳，抗金以实现恢复中原的理想抱负难以实现，其间被诬以种种罪名，在壮盛之年削除了官职，过上隐居山野的生活。稼轩在题语说“夜读《李广传》，不能寐”，不能寐，是因为找到同类而激动，见到同样受不公遭遇之人，感到同情之际，稼轩写此词正值他被谗罢居上饶带湖之时。心中自然有不解，有忧愁，复杂的思绪，让其不能寐。后面说“戏用李广事”，让我想到了《鹧鸪天·壮岁旌旗拥万夫》之中“有客慨然谈功名，因追念少年时事”不过是亦庄亦谐的说法罢了。“戏作”这些词里面的“戏”皆包含有稼轩自嘲，无力，无奈之情。因此就引用有关李广的典故写了这首词，寄给约他同乡居住的友人。

“故将军”到“桃李无言”五句，稼轩描述的乃是《李将军传》中：“屏野居蓝田南山中，射猎，尝夜从一骑出，从人田间饮，还至灞陵亭，灞陵尉醉，呵止广，广骑曰：‘故李将军。’尉曰：‘今将军尚不得夜行，何乃故也’。止广宿亭下。”一个关于飞将军李广的故事，稼轩用简短的词概述了这个故事，词中一尉吏所言中的“今”、“故”中间用了“何乃”虽说明了官吏的势利，也体现了将军退隐成“故”后的遭遇，“故将军”夜饮归来，到长亭而被迫解鞍下马，“雕鞍”，形容马鞍的精致，这是将军身份高贵的象征。“恨”，是词人稼轩所恨，还是飞将军阻拦而愤怒？“匆匆未识，桃李无言。”其中“桃李无言”指代李广。“桃李无言，下自成蹊”，司马迁对李广的赞辞，此处当作李广的代称。稼轩所绘的故事和《史记》有所不同，稼轩把李将军被拦下，是因为“匆匆未识”，只是匆忙中犯下的错误，还是能认识将军的。想必这是稼轩自我慰藉的言语吧。稼轩接下来讲述的另一个故事“射虎山横一骑，裂石响惊弦”所绘与卢思道《从军行》中“谷中石虎经衔箭”表现李广出猎时射箭“中石没镞”的神力，似乎是稼轩有意在提醒“匆匆未识”之人，让其知道这位将军曾经是多么的了不起。

词接下来就写道“落魄封侯事，岁晚田园。谁向桑麻杜曲，要短衣匹马，移住南山?”进一步讲述了李广将军所受到的不公待遇，“落魄封侯事”乃“自汉击匈奴而广未尝不在其中，而诸部校尉以下，才能不及中人，然以击胡军功取侯者数十人，而广不为后人，然无尺寸之功以得封邑者何也?”（李广语云）封侯时对战功赫赫的将军不公之事，“岁晚田园”，不予嘉奖，却反遭罢黜，归于田园。接下来稼轩开始正式进入抒情的部分。“谁向桑麻杜曲，要短衣匹马，移住南山?”这是稼轩借杜甫之诗“自断此生休问天，杜曲幸有桑麻田，故将移住南山边，短衣匹马随李广，看射猛虎终残年”（杜甫《曲江三章》第三首），“谁”“要”，表述了不愿话桑麻度余生，稼轩将“移住南山”放在“要短衣匹马”之后，恍若愿如李广般征战疆场报国明志，最后却移住南山，在田园归隐，消磨了斗志，这是稼轩的反问，透着归隐的无奈。“看风流慷慨，谈笑过残年”，在风中感慨，在谈笑中度残年，稼轩是受排挤，自悟才归隐，君子不愿栖于恶阴，稼轩宁愿过着这样的生活，也不愿意与那些人同流，不会苟同他们主和的想法。

“汉开边、功名万里，甚当年、健者也曾闲”，汉朝开疆拓土，注重边关战事，这让很多将士立功报国，也让汉朝威名四起，震慑四方外敌，而不敢侵犯，“甚当年”就算在那个时代，也有“健者”曾将受到闲置，这边的健者自当指飞将军李广。到最后，稼轩是以自慰的口吻，揭露朝政的黑暗，借此安慰自己，像自己这样被闲置的人，并不只一个，在汉代如此，更何况现在风雨飘摇中的宋朝，为图私欲，享清福，割地求和，并对抗金的爱国志士予以打压，这样的自慰，极具讽刺。“纱窗外、斜风细雨，一阵轻寒。”纱窗之外的细雨微风，所带来的一阵轻寒之意，将感怀中的稼轩从“壮岁旌旗拥万夫”的壮年，南归后受排挤的中年，到如今归隐的回忆中唤醒。从戏作的诗词中醒来，看着风景。

我们看着风景，念着关于飞将军李广之事，阅读着这样的史诗，品着词中的所抒之情，景物所露之情，情景中的言外余韵。

夕阳断肠处

——《摸鱼儿·更能消几番风雨》

淳熙已亥，自湖北漕移湖南，同官王正之置酒小山亭，为赋。

更能消、几番风雨？匆匆春又归去。惜春长怕花开早，何况落红无数。春且住，见说道、天涯芳草无归路。怨春不语，算只有、殷勤画檐蛛网，尽日惹飞絮。

长门事，准拟佳期又误。蛾眉曾有人妒，千金纵买相如赋，脉脉此情谁诉？君莫舞，君不见、玉环飞燕皆尘土！闲愁最苦！休去倚危栏，斜阳正在，烟柳断肠处。

辛弃疾

春，乃草木复苏之季，乃生意盎然之时；对于爱国诗人幼安（辛弃疾）而言，春自当象征抗金胜利，收复中原的美好时光。

幼安一生心系抗金收复中原的爱国事业，但其提出的抗击金军、恢复中原的爱国主张，在当时却始终没有被南宋朝廷所采纳。心中自有忧郁堆积，词篇开头便以“更能消、几番风雨?”这样的疑问引入，让人深思，几番风雨摧残之后的，春天还会存在吗？或者理解为春天，还能经得起几番风雨的摧残。幼安虽然有春天而发“更能消”，但了解他的人，都应该知道其所要传达的是，南宋此时收复中原的愿望，还能经受得了几次失败的摧残。宋被逼割让北方的疆土，南渡偏安一隅以后，曾出现过很多能够驱逐外侵的金国，收复失地的大好形势，但由于朝廷昏庸腐败，贪图享乐的主和派从中捣乱，对主张抗战的爱国人士进行打压，致使这样大好的形势白白丧失。虽然其间曾有过几次北伐抗金，但有这样的主和派存在，结果就不难想见了，战争的最后均是以签订条款、投降告终。陆游《关山月》中就有提到“和戎诏” 主战的失败，便成了主和派继续妥协投降的最好说辞。“和戎诏下十五年，将军不战空临边。”便有了长达数年的屈辱生活。一个只懂得一味投降的国家，将会成为风雨中终将逝去的春色。“匆匆春又归去”，“匆匆”而去的“春”，“又”再一次地“归去”。“春”已去，独留幼安自伤怀。

想必此时的幼安心绪必定不宁，其心中有哀婉，有叹惜，更多了一种对将来国家命运的迷惘以及自己无可奈何的悲伤。

接下来幼安写到了“惜春”、“留春”、“怨春”的复杂情感，这些感情其实都是幼安对美好“春”天的留恋，“惜春长怕花开早，何况落红无数。”花开花落乃是不可强求的自然现象，幼安为了“惜春”怕花开得太早，花开得太早，凋落得自然便快，花落春便去了，这是幼安因为“惜春”所以才有这般自欺欺人的想法。从“长怕”二字中我们还能看出幼安这种想法早就已经存在了。害怕失去，往往是因为发现自己无法挽留，所以能看出幼安对风雨中的“春”天逝去，担惊受怕，却无能为力。如果说“惜春长怕花开早”是美好的理想，那“何况落红无数”就是残酷的现实。“落红”，就是落花，是春天逝去的象征，“无数”那是一朵朵凋谢形成的，如果“落红”是象征南宋抗金，收复中原的失败，那“无数”岂不是能够让人想到南宋在战争中一次又一次失败的场景，可见南宋国事衰微，“何况”是幼安对此的感叹，想必是为自己一次次抗战主张被打压，无法报国，事业无成而叹息。这样的一起一落，就将理想与现实之间的矛盾表现出来了。

“春且住”，这语气不像是细语哀求的挽留，更像是一种不甘强硬的命令，幼安惜春，怕春离去，但是落花无数，早就没有办法挽留，“长怕”的事情发生了，心中无奈，若还想留住春，那便只能发出心中不甘的怒吼：“春，你给我留下来。如果你离开了，天涯的芳草都要枯萎，都无法重新回到嫩绿富有生机了。”幼安以利害关系说之春，让它不要离开，“春”，是“天涯芳草”找寻“归路”的指引，“春”是抗金复国的理想，“天涯芳草”就是在这种理想之下奋斗生长的爱国志士，“迷归路”（诗中是“无归路”，个人更喜欢用前者来理解全文）就是指爱国将士将迷茫不知如何报国。这些话想必也是幼安可以对当朝统治者所说，如果放弃了抵抗，将会失去爱国之士的辅助，失去民心，这样的国家将会走向灭亡，抗金才是真正要做的事情。

但春还是一天天地离开了，“怨春不语，算只有、殷勤画檐蛛网，尽日惹飞絮。”幼安已经发出了自己心底的呼喊，却只能眼睁睁地看着春天的离去，便有了“怨春不语”，对于已经失去反抗意识，只懂一味投降的朝廷“不语”，想必这也是朝廷的态度。难免有些失落，于是自嘲道，想来只有檐下蛛网还殷勤地沾惹飞絮，留住春色。“画檐蛛网”，就如幼安这样主战的爱国人士，被打压的只能在“画檐”之下生存的“蜘蛛”，这里面就涵盖了幼安一生不得志，被打压的辛酸生活。春的离去，只有我们这样的小人物还在努力地挽留，“殷勤”地用自己的蛛网去留住一些象征春天的飞絮。

这便是词的上阕，看着在风雨中摇摇欲坠的南宋，词人不禁留恋这大好的春光，但面对消失的春天，词人却束手无策。即便义愤填膺地发出了爱国的呼唤希望春天能够为其停留，也借此对南宋王朝提出只有抗金复国才是唯一出路的忠告，否则春去后，民心便失，到时候连退路也没有，只能等待灭国厄运的降临。词中，词人运用了拟人的手法，与春进行了沟通，对春进行了挽留和呼唤，明知春天的归去是无可挽回的大自然的规律，但却强行挽留。词里虽然表面上所写的都是词人自己的“惜春”“留春”之情，实际上是想通过这些反映词人对抗金事业的支持，以及对恢复中原、统一祖国的急切心情，同时讽刺了那些主和派投降派的无所事事。词写到上阕的最后，“怨春不语”。词人都已经将“天涯芳草无归路”这样的利弊说于春听了，但“春”，却不予回答。春色难留，这是自然规律，势在必然或许让词人感到无奈，但春天无语，却让词人心寒，更是对朝廷统治者不言不语的态度赤裸裸的批判。其对春所产生的强烈的“怨”恨皆因如此。面对这样的社会，词人怨恨又有何用，剩下的只有无可奈何的自嘲，以表达此时心中的无尽失落，爱国志士如蜘蛛在“画檐”之下辛苦地结“蛛网”，想用这些来留住一点点能够象征春天的“飞絮”，这是词人唯一能够做的事情，也是现在大部分爱国志士所在做的事情。用自己微小的努力来挽留春天的痕迹。短短的四句把词人“惜春”、“留春”、“怨春”等复杂感情交织在一起，以小小的“飞絮”作结。运用象征、拟人的手法抒情，巧妙地体现出词人复杂而又矛盾的心情。

词的下阕，一开始幼安就给我们讲了“蛾眉见妒”的故事。“长门事，准拟佳期又误。蛾眉曾有人妒，千金纵买相如赋，脉脉此情谁诉？”“长门事”乃是陈皇后失宠于汉武帝，被打入冷宫——长门宫的典故。被冷落的陈皇后本已有了与汉武帝重聚的希望，这也就是词中“准拟”的“佳期”。陈皇后是如何会生出这重聚的希望的，“孝武皇帝陈皇后时得幸，颇妒。别在长门宫，愁闷悲思。闻蜀郡成都司马相如天下工为文，奉黄金百斤为相如、文君取酒，因于解悲愁之辞。而相如为文以悟上，陈皇后复得亲幸。”我们这里不讨论司马相如所做之赋是否真的打动皇上，让其感悟，陈皇后重新受宠。但可以说明陈皇后以千金令其做赋，便有着这样的想法。但其毕竟身在长门，即便武帝感悟，有此想法，但武帝身边的女子，不会让其如意，必定会想方设法让武帝改变心意，“蛾眉见妒”，陈皇后遭到武帝身边其他女子的妒恨，致使佳期无望。这时候，纵使陈皇后千金买得相如的生花妙笔，“脉脉此情谁诉？”

脉脉真情又能向谁倾诉呢？幼安讲述着陈皇后失宠的典故，如果结合上阕，想来是要抒发自己的失意。君王身边有太多的妒才嫉贤之人，即使词人有相如般生花的妙笔，比陈皇后更悲切的情感（爱国情怀），满腹的爱国真情，也难以将其传达到君王的耳里，让君王采纳实施。幼安觉得此时的自己就如同长门的陈皇后，哀叹自己遭受小人妒忌，无法大展宏图的悲惨命运。幼安的这种复杂痛苦之情，又该对什么人去诉说呢？

“君莫舞，君不见、玉环飞燕皆尘土！”“玉环”，唐玄宗的贵妃；“飞燕”，汉成帝宠极一时的皇后，都是古代著名的美女。“皆尘土”，杨玉环是在安史之乱中被缢死于马嵬坡下，赵飞燕最后是被废为庶人后自杀。“君”联系上文，可知是那些妒恨陈皇后的女子，“莫舞”是幼安对其的劝告，告诫她们不要太过得意忘形。像“玉环”“飞燕”这样更受宠的美女，最后也都是化作尘土，到头来一切成空。同时也是幼安对那些当权奸小的一种诅咒，现在虽然让你们这些奸小之人当道，但你们不要太过得意忘形，即便再受宠的人，最后也会化为尘土，并不会有什么好下场的。

词的结句，“闲愁最苦！休去倚危栏，斜阳正在，烟柳断肠处。”“闲愁最苦”，幼安在闲暇时间依然在为国家而愁，为百姓而愁。自己有大把的时间却被闲置，没有报国的机会，这对于幼安来说就等同于在浪费自己的生命，虚度自己的年华。所以“闲愁”最是沉痛无比。“休去倚危栏”，“危栏”是高处的栏杆，他叮嘱自己“休去”，登高远眺能有什么词人不忍见到的景象呢？“斜阳正在，烟柳断肠处。”斜阳暮色正笼罩着眼前的南宋山河，难免让人生出一种江河日下，国事渐危的断肠之情。现在“闲愁”之中的幼安，当然不愿意去看这样的景象，这样会更受刺激，会越发对自己无能感到伤心，但“休去”一词，可见幼安常登高眺望宋国山河，心忧国事。想必此时登高望斜阳之人未必只有幼安一人，不知他们是否懂得此刻幼安“最苦”和“断肠”的心情。

这首由辛弃疾创作的《摸鱼儿》，通观全篇后，可知词先写惜春的情绪，后又用陈皇后遭忌而失意的典故，抒发对南宋风雨飘摇危势的忧虑以及遭受小人阻挠的抑郁。词开篇的“更能消”，为下面“惜春”、“春且住”、“怨春不语”作好铺垫。词极富层次感的表述让人读起来感觉看见了幼安的心声。下阕，以“长门事”开头，揭示“蛾眉遭妒”的小人行径，推想至幼安遭受小人阻挠的抗金情怀。接下来用宠姬失宠皆为尘土的史实，警告朝廷奸佞“君莫舞”。“闲愁最苦”，有抗金的想法，有抗金的能力，却被闲置的愁苦，北上恢复之望遥远。“斜阳”句则叹惋南宋朝廷国事将危。词就这样将对国家前途的忧虑，对自己在政治上的失意和哀怨以及对南宋当权者的不满抒发而出。

由眼前的春景，到历史典故的记录，诉说当前现实中的国事，抒发忧国的情怀。